第1辑

THE ANSER OF CITY LOVE

都市情感杂“质”

梅剑飞◎著

中国言实出版社

图书在版编目(CIP) 数据

都市情感杂“质”. 第1辑 / 梅剑飞著.
— 北京 :中国言实出版社, 2011.8
ISBN 978-7-80250-553-7

Ⅰ. ①都…
Ⅱ. ①梅…
Ⅲ. ①纪实文学－中国－当代
Ⅳ. ①I25

中国版本图书馆CIP数据核字(2011)第147957号

出版发行 中国言实出版社

地　址：北京市朝阳区北苑路180号加利大厦5号楼105室
邮　编：100101
电　话：64924716（发行部）　64924735（邮　购）
64924880（总编室）　64963106（五编部）
网　址：www.zgyscbs.cn
E-mail：zgyscbs@263.net

经　销 新华书店
印　刷 北京毅峰迅捷印刷有限公司
版　次 2011年9月第1版　2011年9月第1次印刷
规　格 700毫米×1000毫米　1/16　15印张
字　数 180千字
定　价 29.80元　ISBN 978-7-80250-553-7/I·54

自 序

爱情，几乎是我们每个人都无法绕开的字眼。爱情的话题，自有人类文明起，便有了各种美丽和哀愁。

我这里所写的爱情故事，是以记者的身份，接受倾诉者的诉说，再点点滴滴记下的发生在都市的爱恨离别。大都在现代快报《爱周刊》上刊发过。

故事五彩缤纷，味道酸甜苦辣咸。在记述的过程中，我已化名并隐去讲述者的身份，并在细节上做了处理，在保护当事人隐私的同时，尽量把原生态的故事面貌表现出来。

写出的故事，不论是什么样的色彩，终极意义是帮助讲述者释放忧伤，或是晒出幸福。

爱情？

爱情是，你无数次安慰我，要我放心，要我相对满足，简单的道理，却很难做到。其实我不该再过多地奢望拥有你哪怕多一秒钟的时间，可是我忍不住，我就是这样贪心，更多更多，期盼天荒地老的传说，至死不渝。

体验爱情的气息，品尝爱的温暖执拗，轻抚陌生人爱的轮廓。爱是我不想走，我想时时刻刻留在你身边，我违背了很多我的本性，只因为有你。

爱情是，你就是我的注定。爱是为爱过的人祝福，为爱你的人珍重。

爱情五花八门，各有滋味。

在我的采访过程中，接触了许多向《爱周刊》倾诉的朋友。压抑者占据比例较大，压抑需要讲述。倾诉的最终目的是想让自己放松，让自己活得轻松些。

我是忠实的听众。倾听这些故事的时刻，我面对面感受过泪水和阳光。为你抽过纸巾，陪你沉默，陪你忘却。

这些故事，是都市情感原生态。来读，希望能读到城市感情的律动。读别人的故事，修炼自己，让自己的爱情圆润。

感谢您来看我写的故事。为爱情祝福，也祝福每个人。

梅剑飞

2011年2月，南京

目录
CONTENTS

1.我的爱情被异地恋、闪婚、AA制打碎

关键词：闪婚

主题：永元不准我过问他的私人空间，“我回家太晚，说明我有事；我的手机，没有我的允许，你不得擅自偷看。我也会尊重你，涉及个人的爱好，我们各玩各的，互相尊重。”

亚伟含蓄地对我提出分手，只是暂时离开你一段时间

亚伟变了，他对我逐渐冷淡。有时候，他在我身边，半天都没一句话。2005年9月，我们大学毕业才两个月，亚伟含蓄地对我提出分手，“我们分开几天怎么样？”

我问亚伟究竟是什么意思？他说：“天天在一起，你不觉得厌倦？”这话太耳熟了，曾经，我对亚伟也说过。我说：“你刚追我的那些天，为什么要天天缠着我？”

亚伟心平气和地对我说，他在深圳有个工作机会，平台和前景俱佳，“我要去深圳，是否愿意跟我走？”我家在南京，父母在身边，我在南京生活20多年，哪都不去。

亚伟还说我的父母看不起他，“留在南京，一月拿着1000多块钱工资，还不够给你买衣服。没有面包吃，哪有什么爱情？”“真的想走？”我不相信亚伟会走。亚伟点点头，再摇摇头，“现在让你跟我

去深圳，确实不妥，住的地方都没有。等我事业有成，再来南京接你……”

2005年9月底，亚伟远走深圳。临行之前，他把我拉到栖霞山。我浑身汗水，双腿发软。几年前，和亚伟在栖霞山，看秋天的落叶，我们的爱情完美无瑕。几年后，秋天还没到来，亚伟却要离开。

“都要滚了，还要戳我的心？”我本能排斥亚伟的举动，但我无法拒绝和他共同回忆往日。亚伟说：“我没说和你分开，我只是暂时离开你一段时间。我怕你一时无法接受，才慢慢哄着你，希望你理解我……”

“这纯粹是谎言，你以为异地恋真的很浪漫？”我没那么幼稚，“你们男人，太自私了！”“你要是不相信我，那我们先结婚？”亚伟说，“你敢吗？”

“这不是敢不敢的问题，我爸妈不会同意暂且不论，就你这态度，我也不可能嫁给你，你是混蛋。”我发起脾气。亚伟和我大吵。吵着吵着，我们都累了。“这样也好，吵吵架，让你恨我，我走得也就问心无愧，哈哈哈……”

永元的情绪稍微有点激动，他的话能刺痛我心里的伤疤

亚伟走了。起初，我们每天还电话联系，我也去过深圳几次。可“距离”真的是个可怕的词语，我深有体会，感情经不起千山万水相隔。

某年某月，没有谁先主动，我们不约而同地减少了给予对方的牵挂，你好像从未在我的生活中出现过，来去无踪，你已经属于另外一片天空。那段时间，我的心空了，对爱情产生绝望，我恨亚伟咋就舍得丢下我去追求所谓的理想？我也恨自己怎就不敢为爱情跟他去深圳？

我过着单身的生活。朋友们要给我介绍男朋友，我笑而不言，转而

退却。光阴催人，转眼间，2009年，我29岁了。成为亲朋好友眼中的剩女，“你怎么不着急？”妈妈表现得最夸张，唯恐我嫁不出去，逢人便推销自己的女儿，看我有空就张罗给我相亲。我不耐烦，跟妈妈吵，妈妈说我不懂事。我理解天下父母心，怎么办呢？要我去相亲我就去，就当演戏，去客串。

客串也很累。2009年4月，我去结婚刚三个月的好友家倾吐烦躁。好友的小家布置得好温馨，到处是宠物玩具，墙上贴着她自己的绘画。好友老公系着围裙为我们做饭，我们吃水果，聊天。从好友家出来，我突然哽咽，我想到亚伟了。在火车站上地铁，回家，地铁开到三山街，我一路低头抹泪。

在自己的小房间发呆到深夜，我对过去的爱情的怨恨，终于被莫名其妙的落寞打败。

接下来的相亲，我认真对待。见我态度转变，给我介绍对象的朋友几乎全体出动。最多的一个星期，我见了10个男人，形形色色，令我大开眼界的同时，我越来越紧张，为啥没有一个符合我的审美？

漫长的相亲历程，折磨着我，我竟然恐慌起来，29岁，是不是真的很没竞争力？众人劝我，还怪我太挑剔，“从你眼前晃过的男人，像流水，那么多男人真就没有一个是好男人？”

“我没说他们不是好男人，只是他们达不到我的要求！”我辩解。然后，我被反驳，“你都29了，还挑三拣四，你过了买白菜的年龄啦！”

我沮丧极了，光阴似箭，2010年了。

潜意识里，我开始降低自己的要求。相亲还在继续。

2010年7月初，我在鼓楼一家茶社和永元见面，记不清这是第多少位相亲对象了。我麻木而略有期待地坐在永元眼前。永元满面风霜，像是饱经沧桑。“你好！”他的声音很特别，低沉而苍凉。永元问我为什么拖到现

在还没结婚?

“大学毕业迄今没再恋爱，忙！”“没那么简单吧？”

“是的，”我承认，忙只是一个托词，我简单地讲述了前男友亚伟，没心没肺地远走高飞，他对我的伤害，造成了我的自闭。

永元的情绪稍微有点激动，他说：“我们同病相怜。我的前女友是个事业狂，最后她……出国了。我付出所有，也没留住她……”

“她不爱你！”我毫不客气地说，“我是女人，我懂。女人要是爱一个男人，她会舍弃事业的。你没听过‘女人的事业是爱情’吗？”

“他也不爱你，”永元迅速转移话题，“男人真正爱一个女人，也愿意把他爱的女人当成事业经营。所以，你前男友并不是发自肺腑爱你的人。”

我和永元谈得很起劲，永元是直率的人，他的话能刺痛我心里的伤疤，他又很会安慰我，劝慰我相信明天。我们很聊得来，仿佛一见如故，近乎相逢恨晚。

永元像闪电，照亮我的生活。以至于，一个星期之后，永元向我求婚，我不假思索，立即应允。

“你这可是闪婚啊！”好友劝我，“你想结婚的心情，我们都懂。心急吃不了热豆腐，小心烫死你！”爸妈说：“你应该多和他接触，婚姻不是儿戏！”

永元热衷于AA制，我们每月各出1000元共用

2010年8月，我和永元登记结婚。婚姻来得如此之快，我还没准备好、又像早已准备很多年。我相信自己的判断，适合自己的男人一旦到来，迅速出手。

和永元去北方度蜜月，一路上，永元是尽心尽责的好老公，照顾我一丝不苟。

蜜月归来，回到南京的第二天，我们有了摩擦。永元给我做饭，饭后要我洗碗，“这叫各司其职！”我笑嘻嘻地撒娇：“老公舍得我的手被油渍和洗洁精损伤吗？”

“家务活本该女人做，我心疼你爱你，才亲自下厨给你做饭的。”永元一脸坦然，“我都退让很多啦！”

我嘀嘀咕咕。永元平静的脸庞露出烦躁，“有你唧唧歪歪这么长时间，多少碗都洗了。你还累啊！”第一次争吵，因为洗碗。吵得不可开交，我哭哭啼啼，坚决不洗碗的同时，意识到自己对永元的选择是不是过于仓促、急躁了？

冷战三天，永元先俯下身段，向我道歉。几天不到，我们再次争吵，是因为永元的生活观，他热衷于AA制。“我们每月各出1000元共用，吃喝玩乐用这个钱。遇到大事，再就事论事。”永元说，“经济上的独立，才能保证尊严的独立。”

“以前你不是这样的，”我愣住，“你原形毕露了？”“这一直是我的生活观，”永元说，“以前嘛，那是我对你的投资。我还是很有君子风度的。现在和以前不一样的是，你是我老婆了，我们是一家人。一家人，何须见外。”

面对永元的一本正经，我欲哭无泪，我说：“没想到你是这样的人！”“你这是鸡蛋里挑骨头，”永元驳斥我，“你要放大我的亮点。至于你眼里那关于我的所谓缺点，只是我们的生活观念不同。你认为世上有十全十美的夫妻吗？”

永元不准我过问他的私人空间，“我回家太晚，说明我有事；我的手机，没有我的允许，你不得擅自偷看。我也会尊重你，涉及个人的爱好，我们各玩各的，互相尊重。”

我受不了永元，他把我当老婆了吗？我还没列举永元的小毛病呢，比如他晚上睡觉前不刷牙，进门脱袜随便扔……等等。我们每天都有碰撞。吵到10月，我想离婚，永元偏不让，“我们要磨合，你别沉不住气。”我怕再这样磨合下去，我会疯掉，相识之初，你可是令我怦然心动的人。

编者心语：

“闪婚”是个魅惑的字眼，妖妖冶冶地在青年男女面前招摇，笃信一见钟情的人往往被它俘虏，虽然熟悉地方的风景大打了折扣，完全陌生的地带又有谁能保证没有危险埋伏？

“AA制”里面则含有悖论。似乎AA里意味着独立和自守，然而，把自己的身体与心灵都交付之后，却在一些不比前二者重要的方面楚汉分明，岂不是有轻重倒置之嫌？

闪婚和AA制是两把双刃剑，用不好伤人伤己哟。

2.有一种爱属于无语凝噎，有一种情永远只在路上

关键词：真爱

主题：下班我会在你单位门口等你，我会在你东张西望等我的时刻，从背后扑过去，抱住你，逼着你猜我是哪一位，你胡乱地叫着小芳小娟，我佯装生气，你挠我痒痒，然后我们哈哈大笑，你拎着我的包，我挎着你的胳膊，一起去菜场买菜，一起做饭，一起散步……这凡俗平实的百姓常态，对于我们却是奢侈的永不企及的梦境。

人，的确有投缘和不投缘之分，一开始，我们就没有什么掩饰，直接把自己的身份告诉对方

2008年9月9日，江淮看了我QQ空间的几篇文章，写了一长串的留言，还想跟我交朋友。

他比我大10岁。人，的确有投缘和不投缘之分，一开始，我们就没有什么掩饰，直接把自己的身份告诉对方。我是苏州某机关的干部，江淮是南京某机关的领导。跟他聊了几句，我就感觉到这是个好人，他能读懂我的心。2008年中秋节，我们第一次通了电话，聊了通宵。他有着最有耐心最温和的男中音，总让我沉浸梦幻。

江淮来自苏北农村，念及老家的贫穷兄弟，他会哽咽。他有着公务员的正常收入，妻子有自己的公司，家境殷实。“但只要说到资助亲人，妻子永远不同意。”江淮说，“这是我内心最深的痛。”江淮

的妻子是他大学同学，一个城市出身的女人。“当年，贫困的我诚惶诚恐地接受了她的好感。”江淮过得很压抑，他说这份爱一直是那么别扭。

我的先生，也来自农村。把他供上大学，他的家庭几乎穷到破碎。我们第一次见面，先生就对我说：“善待父母兄弟这是我一生要践行的，没有他们就没有我。”当时，只感觉到他的责任心和善良，我对他好，没有考虑到婚后的生活会因此而多了很大麻烦。婚后，小到侄子开学，几百；大到兄弟买房子，几十万；我再困难，也要想尽办法满足他。这是我对他的承诺。我们有一个让人羡慕的家庭，我的先生，生活中不苟言笑。他正直善良，孝字当头。他脾气急躁，几乎没有向我表达过温情。我始终沉默着忍耐，只要他的亲属向我们伸手，我会忍着一切困难和委屈去帮他实现。

对于我的举措，江淮非常震惊，“我很敬重你！我真想见见你。”对于江淮的无奈，我充满同情。

每一天，江淮都会给我几个电话，礼节性的问候，“你在干什么呢？”问候久了我们渐渐黏上了对方。有一天，我忽然看到江淮换了QQ签名：“有一种亲切的忧伤，滋生我对爱情的渴望，渴望你的怀抱可以安顿我的疲惫。”

这是一个非常英俊的男人，挺拔，白净，像植物一样挺拔缄默，也像静水在缓缓流淌

2008年11月1日，是我们约定见面的一天。

我开车去南京，江淮在高速公路南京出口处等我。一路上，我的心都快跳出来了，激动、害怕、渴望、幸福，五味杂陈，虽然我认定他是好人，但未知的一切或有变数。暮色四合时分，我把车停在一个指示牌旁傻等江淮。路边的车子一辆辆呼啸而过，我在等一个未知的人，心里满是焦灼和难堪。不知什么时候，一个男人敲着我的车窗说：“是你吗？对不起啊来迟了！”我不看他，他坐在副驾驶位置上问：“你累了，我们吃饭去吧！”这辈子，我第一次做这样放浪形骸的事：见男网友。我没有勇气看他，更不敢面对面和他吃饭。由紧张而引起的累，让我几乎踩不动油门。

在仙林的一个会所，我们停下，江淮下了车。过一会，他过来叫我，我依旧不看他，他也不看我。刚走进房间，我就钻进卫生间，半天不敢出来。这是一个什么样的男人？和电话里一样好吗？

磨蹭了半个钟头，我才低着头出来。房间里两个沙发，中间一个茶几。他坐右边，我在左边。

趁着江淮站起来给我倒水，我看了他一眼。这是一个非常英俊的男人，挺拔，白净，像植物一样挺拔缄默，也像静水在缓缓流淌，又像一把出鞘的利刃透着干净到一尘不染的气质。这个男人，他清癯的五官每一个表情都富有独特的味道，这将成为我今生弥足珍贵的记忆。

闲聊到凌晨两点，我们都困了，江淮尴尬一笑：“我去重新开间房吧？”“没事的！”我闭眼，假寐。他躺在床上，我们继续说话，过道的灯还亮着，室内昏黄，温暖。江淮小声说：“我敬重你，不知该怎样珍惜你才好，不敢有杂念，杂念是对你的玷污和亵渎。”在床上，我们保持着距离。

天还没亮，我们就起身了，我得赶回苏州。江淮送我到马群，在沪宁高速入口，他下车了。我第一次在白天打量了江淮，他一夜的胡楂长了出来。江淮不看我，他脸上有一种柔软的悲伤。我直奔沪宁高速，一大堆的人和事正等着我。上了高速我回头看他，他远远地立在路边，像一棵孤独的树，我的眼泪瞬间决堤。我给他电话：“你不要看我，不要看我。”

爱让我这个骄傲的女人变得卑微而无助，你是我每一次心跳的怦然，每一次呼吸的疼痛

回到苏州，江淮给我发来邮件："戴着光彩照人的面具，我习惯典藏自己的悲苦忧欢，习惯对下属无声的居高临下，却在很多个平常的夜，面对着你卸下所有坚硬的盔甲。你目光悲悯，充满温情。你的神情端庄洁净，有一种静默的美感。我不知今夕何夕。你的凝视和偶尔的叹息像锋芒一般，一下子锐利地蜇中了我心底最柔软的部分。男人，应该有两个母亲，一个是生养我的，一个是懂我的，在我孤寂时，紧紧把我搂在怀里……"

我们彼此的挂牵与日俱增。2009年春节，看着缤纷的烟花，我却等不到江淮的电话。无法克制，我战栗着跑出家门拨了他的手机！他平静的口气让我近乎抓狂，"在陪家人。"我哭得上气不接下气。女人，一旦对一个男人付出了感情，他的一丝疏忽就会被她放大，乃至感觉受伤。我习惯了有他每时每刻的安抚。

春节刚过，我就发疯一样来到南京。在维景国际酒店，我假装不认识他，看他在吧台办好手续，我再默契地跟上去。进了房间，我们像着火一般紧抱对方，这种燃烧太美！当我倔强迎合，快乐挣扎的时候，江淮说会爱我。喔，天！我受不了！即使在你的怀里，我还是如此想念你。我轻抚江淮的每一个轮廓，我哭着说我爱你，如果哪一天你丢下我，那就是你在残忍谋杀我，我会哭瞎我的眼睛。

从此，我时常趁着夜色奔波着来和江淮约会。上了高速，在驶向南京的一霎，我恍然意识到我站在一个起点，而终点就是江淮的拥抱。最痛苦的是踏上归途，最后回眸的那一抹烟霞下，风扬起的尘土，会使我猛烈擦着满脸的泪水，不得不骤然加速。回苏州，我三次走错道，明明是开往沪宁高速我居然开向马群。我，一个女人，开着车，在异乡的夜里，睁大茫然的眼睛，在蜘蛛网一样纵横交错的路上盘旋着，盘旋着，寻找一条出路，我不要回家，但又急着回家，因为，我外出的借口，不是永无限期。

从2009年到2010年，在我奔波的道路上，我能触摸到自己的灵魂：温暖，真切，清澈。我们的爱也许永远在路上，没法停留。我对江淮说：如果我们能够正大光明地在一起，下班我会在你单位门口等你，我会在你东张西望等我的时刻，从背后扑过去，抱住你，逼着你猜我是哪一位，你胡乱地叫着小芳小娟，我佯装生气，你挠我痒痒，然后我们哈哈大笑，你拎着我的包，我挎着你的胳膊，一起去菜场买菜，一起做饭，一起散步……这凡俗平实的百姓常态，对于我们却是奢侈的永不企及的梦境。江淮说，他一直有严厉的道德观，“我的心告诉我，我已经背叛了婚姻。”我只是流泪，“我也被严厉的道德感束缚着，我相信堤坝的作用，但抗拒不了命运，我认命。”

江淮，我从你目光不及的苍茫处飘来，让你的心蓦地牵疼了一下。它仿佛天边的斜阳一缕，遥远，美丽，浓艳，如血。爱让我这样一个骄傲的女人变得卑微而无助，你是我每一次心跳的怦然，每一次呼吸的疼痛，每一次暗夜醒来的理由。你常常痛惜地对我说：别傻，别傻，别苦了自己。我知道我有病，患了爱你的重病，我疼痛，煎熬，但我，不想痊愈。为了我们共度的安静凝视彼此、抵足而眠的夜晚，为了我们执手相看泪眼无语凝噎的动情时刻，我愿意粉身碎骨千万次……

2010年2月1日早上7点15分，江淮再一次站在高速路入口，缓缓对我挥手，我频频回眸。归途，不得不开始的归途总会横陈在我面前。我捂住嘴，我的世界，顷刻间痛到了极点。

编者心语：

愈美丽的器皿愈脆薄，也愈易破碎；愈易受感动的心愈易生出皱纹，也愈受伤。真爱的涵义颇多，见仁见智；真爱的感觉迥异，冷暖自知。然无语凝噎太久会令人憋闷，在路上高速追逐太久会出车祸不是？

3.要给我买礼物的大叔消失了

关键词：等待

主题：2010年10月10日，中保早早地起床，“今天是小朋友的生日，我去给宝贝买礼物。”我懒洋洋地半睁着眼，“再睡会呗……”中保没回应我，他“砰”的一声带上门。接着，他消失了。

我迫不及待打开纸盒，是安娜苏的一款精灵香水

我和中保通过玩劲舞团游戏成为无话不说的网友，他每天都给我打电话。问我最多的是“吃了没有？”、“吃什么？”、“累不累？”关怀备至。

中保的嗓音低沉，我喊他大叔。“喊我大叔一点不亏，我比你大多了。”中保说他离婚快8年了，“我比你大15岁！”我怀疑，“别骗我啦，那么老，还玩游戏？”

“玩游戏是想让自己变年轻，”中保说，“我可不想和你们年轻人有太大的代沟！”

2009年10月初的一天，中保约我在玄武门等他，“我有礼物要送你。”中保极其轻松、自然地说，“我和你一样，也生在秋天。我的生日刚过，你的生日紧接而来。”

我不禁感动。

傍晚，我在新街口上地铁，前往玄武门。要出站之前，我徘徊，真去和中保见面？他会不会把我当成贪图礼物的女孩？

我迈出地铁口，中保说他正在凤凰广场前张望。待我走近，中保微笑着递给我一个包装盒，“小朋友生日快乐！”我的脸发烫，“谢谢……嗯，等多久了？”

“大人等小孩，天经地义。”中保说我很可爱，还懂得害羞。

中保一身黑色西装，雪白的衬衫，打着红领带，皮鞋锃亮。他的头发有些自来卷，中间夹杂着少许白发。

“果然是大叔，不过……不是太老。”我强迫自己淡定，“我们要去哪？”

中保要顺着湖南路逛逛，顺便给我买几件衣服。我推辞，“随便走走就行，晚上我还有事呢。”顺着湖南路走了十几分钟，中保不间断地拉我进服装店。我担心中保在我身上花钱，以我俩的关系，还没到那一步。

“晚上我真的有事，”我说天要黑了，“大叔是不是还想请我吃饭，一起留到下次吧！”

中保想挽留，我急中生智，把在网上和大叔聊天的撒娇劲拿出来，“大叔答应我，答应我啦……”

中保宽厚地笑，他说：“晚上我也有应酬，你看我穿得像不像老板。那我们下次再约。”

“等我过生日，再请大叔吃饭。”我们转头回地铁口，我笑吟吟，“我的好朋友都在，她们都是美女哦，大叔看上谁，我来介绍。”

“你们哪能看上我这样的老头子，”中保目送我进入检票口，我把大叔留在入口之外，回头看他，挥手，大叔也正挥手，他目光炯炯：“礼物别丢掉，回家再看！”

地铁上，我迫不及待地打开纸盒。是安娜苏的一款精灵香水。我蛮喜欢的。

事后，我向中保道谢，他说自己没有买错礼物：“你确实像精灵，见到你，我更加不能自拔。”

中保闪进宾馆的那一瞬，我感受到孤单和温暖

中保说，他有一家公司，平时工作较忙。

他在忙碌不已的情况下，还要坚持每天来看我。我问他为什么？“见到你，感觉到踏实；见不到你，生活很寂寥。”中保玄乎地说。我说：“大叔你说啥，我听不懂。”

“慢慢你会明白。”中保非常温和，此刻，他根本不像网上玩劲舞团的那个男网友。男人都有两面性？

2009年12月底，中保带我去汤山泡温泉。那一天，有点冷。清寂的冬风吹动我的衣领，中保走到我身旁，搂住我肩膀。如此近距离接触，我能嗅到大叔身上的味道，他爱抽烟身上有烟草的清香，还有大男人的那种说不清的气味。

中保带我去火车站坐车去汤山。“司机生病休息，我也不会开车。”他说，“我们去坐公交车，体验一下生活也不错，行不行？”我天真地依偎着中保，去坐车。

泡温泉的过程，中保时不时盯着我看。

从汤山回到南京市区，夜幕降临，我特疲倦。中保说：“泡完温泉，应该好好睡一觉。”我想睡觉。我们在中山东路停下，中保去一家宾馆开房间。天黑了，路灯和来来往往的车辆展露着夜晚的喧哗。我没有想着离开，中保闪进宾馆的那一瞬，我感受到孤单和温暖，孤单的是他暂时和我小别，温暖的是他即将给我提供一间暖和的房间、一张能抚慰我困顿的床铺。

卧躺在床上，我眨眼，眼皮很快合上，昏昏沉沉，困极了。不久，

我被中保的低语惊醒，他的嘴唇贴着我的额头，“小朋友，起来吃饭，香不香？”我睁开惺忪的睡眼，一排打包的饭菜沉浸在橘黄色的灯光中，香味四溢。

“泡温泉是放松的呀，我咋又累又困，还很饿。”我半坐着，看着饭菜笑。中保拿起筷子，喂我。偶尔，我咬住筷子不松口，中保冷不防地亲我的脸颊，我慌慌张张松口。尔后我们大笑。我们动作的亲密，来源于我对中保的好感和信赖。口头上，我们没有说什么是爱；行动上，我们爱意缠绵。

“你是精灵，别人无法替代。”中保要娶我，他提心吊胆，“我比你大15岁，不知你父母能否同意。”我的爸妈还算开明，说年龄不是关键问题，关键是看人。

2010年5月1日，中保定好和我父母碰面。4月30日晚，我接到中保的电话，他说还是先放弃算了，“我的公司这几天可能要破产，我怕我一贫如洗，到那时，我可什么都给不了你，你会被我拖累……”

奇怪，事先毫无征兆。突然，要和我父母见面，却要破产？“你所说当真？”我疑惑。“千真万确，无法隐瞒。”中保语气低沉，“我从未带你去我公司看看，原因就在此。”我说：“即使你一无所有，而我已选择了你，没有钱，我们也饿不死的。你怕什么！我不是物质的女孩。”

我的父母正在前往南京的车上，5月1日上午即将到达。

在茫茫人海的街上奔跑，我费尽周折地寻找大叔

迫于我的软硬兼施，中保和我父母见面了，还聊得极为愉快。

自今年5月起，中保正式和我同居在汉中门。房子是我租的。“我破产了，房子都抵押了。”中保说，“其实和你刚认识那会，我就要破产了，心情低落，才上网玩游戏的。怎么说呢，你是我的精神家园，能给我力量，我知道自己或许什么都给不了你，但是我无法隐藏

对你的爱……你看我都这么大人了，历经人生的酸甜苦辣，还有爱，爱的是小我15岁的小朋友……”

中保的话促使我作为他的女友，应当为他付出力所能及的爱。我忙前忙后，租房，照顾情绪低落的男友，我可怜的大叔。

中保沮丧地卧躺在床，我像当日他喂我一样，喂他吃饭。他抱着我，眼神冲着天花板，呆滞、落寞。

我没日没夜地加班，想多挣些钱。下班了，我马不停蹄奔回来，怕中保挨饿。我明白，事业挫败的男人，萎靡不振，需用女人的温柔才能将其融化。有时，我急匆匆赶回来，中保不在。我哆嗦着，怕他有什么三长两短，给他打电话。“我在外面走走，今晚要是回不去也别多虑，我和朋友聊聊。”中保没有我想象的消极，他毕竟是成熟的大叔，“你也多照顾好自己，我会崛起的！”

中保不在，我夜不能寐。他可能正在和朋友计划着将来的事业发展，想到大叔熬夜奋斗，我热血沸腾，他是勇敢的男人。

大部分时间，中保待在出租屋里，有我相伴，他的状态也持续变好。中保说：“你无法想象我有多爱你，我的小精灵！你傻乎乎的，我说什么你都信，也不怕上当受骗。你真让我心疼。”“大叔才不会骗我呢！”我搂抱他的脖子，“我为你付出这么多，你也舍不得骗我啊。”中保满脸慈爱，像兄长，像父亲。

2010年10月10日，中保早早地起床，“今天是小朋友的生日，我去给宝贝买礼物。”我懒洋洋地半睁着眼，“再睡会呗……”中保没回应我，他“砰”的一声带上门。

这一天，我像疯子一样，在茫茫人海的大街上奔来跑去，也没找到中保。中保的手机关了，夜里，我没等到他的敲门声。我问遍所能问到的他的朋友，皆一无所知。

我不曾知道他的公司在哪，他以前的房子在哪？我找朋友查他的消息，朋友说，这个名字是个已婚男人，孩子已上高中。我不信，我费尽周折地寻找中保，独自等待大叔。

编者心语：

浮云无需考虑究竟飘至何方，是因为浮云无欲无求；爱情之树必须根植于了解与真诚的土壤，是因为爱情心有所系。无欲求的欢爱不是爱情，是游戏，是玩闹，设若爱情为奔向婚姻而诞生，就不能大意。须知，人是最难读的一本书。实际意义上的书尚且难读，更何况人书的内容时常改变？

4. 我的婚姻是一场控制权争夺战

关键词：多疑

主题：他对我的控制让我喘不过气。他每天都要挂我的QQ，看看哪些男人会跟我说话。每个月，他还打出我的话单，检查我和哪些人联系得比较频繁。他要是看到我和哪个男人多说几句话，就会唉声叹气，暴跳如雷。

玉兰紧靠我的肩膀，我眼睁睁地看着她走神

玉兰是我的初恋，她说我也是她的初恋。我来自北方，玉兰是南京女孩。我们还是同事的时候，我去餐厅吃饭，喜欢坐玉兰对面。

由于公司不准内部员工相互恋爱，2007年6月，我选择辞职，玉兰劝我留下，“要走我走，你出去还能找到合适的岗位吗？”我没有理会玉兰，面临抉择，只有舍弃，才能得到更多。

2008年9月，我和玉兰结婚。我们将对方当做今生永相伴的唯一伴侣，相敬如宾。

玉兰是标准的江南女子，温婉、细腻、清秀，知书达理。我对玉兰的爱，随着时间的延伸，持续升华。无数个凌晨，我睁开眼，静静地端详玉兰，她的眉毛、她的小嘴、她的耳朵，她的呼吸和低吟，让我如痴如醉。当玉兰醒来，发现我正看她，就迅速钻进我的怀抱……

我对玉兰说：“拥有你，我还有什么不满足的呢！够了够了，什

么都够了。”“有一天，我要是跑了，你怎么办？”玉兰也和我开玩笑。我说：“你跑到天上，我跟到天上，把你拉回来。”

我幻想，能和玉兰慢慢变老，真是一件美好的事。玉兰紧靠我的肩膀，她是不是和我一样，也沉浸梦幻呢？

也许，一切都只是我一厢情愿。我眼睁睁地看着玉兰走神了。

2010年9月，玉兰回家的时间越来越晚。“天天都加班，”玉兰解释说，“都快把我给累死了。”

“再晚也不至于干到12点吧？你们老板把你当啥了？”我纳闷，“要不然，跳槽算了，搞得那么累。”

玉兰摇头晃脑地说：“你真幽默，跳槽还能找到这么好的工作吗？没有一定的收入，房贷怎么还？”

我想说点什么，张张嘴，又闭上。2007年我辞职以来，一直没有像样的工作，收入也不如玉兰。我曾为爱情而离职，玉兰懂得我对她的爱，即便我的事业偃旗息鼓，她也从不埋怨。而她今晚的话，像一根根针，往我的心口上刺，我很沮丧。

“我这是心疼你，”我改口说道，“看到老婆披星戴月地奋斗，我为自己感到惭愧。”

“没啥没啥，惭愧什么。”玉兰进卫生间洗澡。我站在阳台发呆，这幢位于江宁的房子，还房贷只能靠老婆，我的心奄奄一息。

半夜接到男同事的电话，她要我别把事情想得太复杂

今年10月底的一天夜里，12点多，玉兰跌跌撞撞进屋，我目瞪口呆，她满嘴酒气。

“吃过了？”我心底升起火苗，“我还没吃，等你回来，你……”没等我说完，玉兰的手机响起，我夺过来，接听：“深更半夜的，你是谁？想干啥？”

对方说：“你谁啊？”我气得咬牙切齿：“你他妈是谁？”“我

找玉兰，看她是不是到家了？”对方说。我说：“你是谁啊，滚吧你，不要你问。”

玉兰怒目圆睁，她来夺手机。“你不能没礼貌，你让我以后怎么跟同事相处？”玉兰推我，“看看你什么样，斯文扫地，一塌糊涂。”

联系到玉兰这些天的晚归，我心慌意乱，要玉兰给我个解释，“半夜接到男同事的电话，作为你的老公，我有必要知道真相。”

“我们是纯洁的同事关系，没有你想的那么复杂。”玉兰的嘴里喷出前所未有的冷漠，“你要想调查，就去查，反正你现在有的是时间，热爱没事找事。”

我真去调查了。那个口口声声说是玉兰男同事的小伙，还是个实习生，南京某大学的研究生，尚未毕业。

我和研究生在电话里吵起来，我说：“有种我们面聊，我看你有几斤几两。”研究生不甘示弱，也要和我见面。我们定在中华门城堡外见，因为我有几个朋友在中华门一带上班，我担心打架。

研究生精神抖擞地出现在我面前，他开门见山地说：“你给不了她幸福，要不是你太过偏激，她早闪了。”“你什么意思？”我告诉自己别动怒，“你给我说清楚，你和我老婆到底有什么关系！”

研究生长得颇为强壮，他摸着自己的后脑勺，淡定自如，临危不惧，“大家都是读过书的人，你别冲动。你要知道，正是你的这些缺点，才导致玉兰痛苦不堪。”

“我不想听你废话唠叨，你如实说，”我握紧拳头，“你和我老婆是什么关系？”“你想把她关在笼子里，你想把她当成你一个人的玩具，”研究生滔滔不绝，“可是，她需要有一个独立的空间，每个人都需要有自己的空间。作为一个男人，让自己的老婆生不如死，是不是一种罪过？”

研究生有何资格对我质问，我百般费解。这个混蛋，和玉兰之间，定然有什么不可告人的秘密，他底气十足，想必玉兰给过他什么承诺了……想到此，我手脚颤抖，我怎么会如此悲伤？

我去找玉兰。玉兰在家等我。我刚进家门，玉兰说："要不然，我们分开一段时间，各自冷静冷静再说？""你什么意思？你和那个研究生真串通好了？"我说，"玉兰，你是我生命里的全部，你真残忍。"

玉兰说："你要是不想过，离婚也行。""离婚？"我气若游丝，"你隐藏得真够深啊，你要是离开我，我就死……"我进厨房拿菜单要砍自己，玉兰放声大哭，抱住我。

他每天都要挂我的QQ，我连选择的权利都没有

桂金诉说到这里，请记者帮忙，能否劝劝玉兰，别离开他。记者与玉兰进行电话连线，将桂金的讲述作简单复述后，玉兰也有话要说。

玉兰：他为什么不反思一下自己呢？刚开始，我们的感情非常好，现在搞成这样，难道都是我一个人的责任？一个巴掌拍不响。

记者：嗯，是的，这个不难理解。另外，你应该也能感受到，桂金很爱你，你对他为什么越来越冷淡呢？

玉兰：坦率地说，他是个非常善良的人，这也是当初我爱上他的主要原因。但是，他太狭隘了。他对我的控制让我喘不过气。你不知道，他每天都要挂我的QQ，看看哪些男人会跟我说话。每个月，他还打出我的话单，检查我和哪些人联系得比较频繁。他要是看到我和哪个男人多说几句话，就会唉声叹气，暴跳如雷。哎，时间长了，再好的感情也会变淡的……

记者：照你所说，他的疑心很重。

玉兰：是的，他太多疑了。我也能体会到，也可能是他事业始终不如意，对生活有了消极之心。尤其是今年春天以来，他牢骚不断，

怕我突然飞了。我说我肯定不会飞走的，我要是真飞走了，你查我话单就能拦住我?

记者：他太在乎你了。

玉兰：这个我当然明白，所以，我耐心地劝他，要他别这样，我是爱你的，你要信任我。我从不和他吵架，也不敢和他吵，他一急就自残，吓人。

记者：那位研究生，究竟是怎么回事啊?

玉兰：我和那个研究生毫无关系，根本没什么问题。真要有什么问题，也仅限于研究生对我有意，但我懂得分寸的把握。我对得起老公。

记者：桂金并不这样认为。

玉兰：他就喜欢死抓住一件事不放。那个研究生，经常和我聊天。我压抑，向他倾诉烦恼，他很同情我。晚上我回家太晚，确实是因为工作。偶尔，研究生也请我吃夜宵。我们的关系绝对纯粹。谁都需要有自己的一片空间，不是吗?

记者：研究生对你们的事好像知道得很多。

玉兰：是的，我承认我对他说了太多，几乎全盘托出。我忍无可忍，心里难受，不倾诉的话，我会发疯的。研究生和我真没什么，即便他和桂金吵架，那也不是我的主意。

记者：桂金希望你能给他一次机会。

玉兰：我已经含蓄地给他无数次机会了。我只想和他分居，哪怕分居几天。他坚决不答应，他黏着我，威胁我，我提分手，他就要轻生，恐怖得很。我也不敢分手，被他套牢了，他决定做什么，我无可奈何必须忍受。我连选择的权利都没有。

编者心语：

多疑是一把诛心利刃，朝向自己的刃伤己，朝向别人的刃伤人。然而，以疑制疑的做法若非无心之失，就显得愈加残酷。曾经试图呵护爱情的两颗心啊，可否听见爱情的哭泣？

5. 我离婚得义无反顾，冷冻了他爱我的温度

关键词：越轨

主题：“从2010年3月到10月，从春天到秋天，冬天即将到来。我对爱情的追求，从春暖花开跌入天寒地冻。”我给新培发短信，道出委屈。新培问我：“后悔了？”“没有！”我很倔强。

他和我视频了一次，从此天天都找我聊天

新培是我的网友，2009年4月，他和我视频了一次，从此天天都找我聊天。

我们越聊越投机，新培说，“认识你，我终于品尝到爱情的味道”、“自从有了你，世界变得美丽，我们相逢恨晚”……

我问新培：“是不是看我长得还行，想对我动歪心思？”“还好，你是具有警惕性的孩子，”新培说，“女人不能太傻，否则容易被骗。”

2009年4月底的一天，新培开车去珍珠泉玩，他在桥北给我打电话，问我是否有兴趣同行？“很明显，你想见我，这是你的伎俩罢了。”我回他，“你敢说不是？”

新培嘿嘿地笑，他把车开到我的小区门口，他很自信，仿佛能摸透我的心思，知道我会见他。我拉开新培的车门，刚坐好，他猛踩油门，我还没来得及看清这个口口声声说爱我的男人的脸庞。新培目不

斜视，我们离珍珠泉越来越近。

我们进入珍珠泉，新培才吞吞吐吐地说，“你上车之前，我就看到你了。你上车的瞬间，香味袭人，我赶忙开车，生怕你反悔要下车。”“你心怀不轨。”我说。新培说：“谁让你从内到外都让我不能自拔呢……”

新培有自己的小公司，他说：“只是缺少个老板娘，有些寂寞。”我说：“因为寂寞才找我？”新培说：“因为想你才寂寞。”“别整得跟歌词似的，”我觉得新培挺活泼，他的话我爱听，我说，“你都快40的人了，前后换了几个老板娘？”

“珍珠泉的水真清！”我们走在水边，新培蹲下来看水，“水至清则无鱼。”“你就岔话题吧你！”我也蹲下来静观水面，“换了几个？”

新培站起身，“我只离过一次婚。”“为什么离？”之前我们没聊过这些。新培说：“她被别人钓走了，那时候我没钱。”

新培培养着我对他的依赖，他能看穿我内心的空虚

起初，新培用美妙的话语打动我。他追我，天天都来见我，用狂热的激情俘获我。

我和新培渐走渐近，他又表现出自己脆弱的一面，他曾遭遇过伤害。2009年7月中旬，新培带我去盱眙吃龙虾，看我吃得很香，他决定研究龙虾的做法，以后为我下厨。回南京的第二天黄昏，他喊我到他鼓楼的家中，“我今天亲自操作，给你做了一锅龙虾，过来给我打个分？”“你太用心了。”我感动。

新培用心培养着我对他的依赖，他能看穿我内心的空虚、我生活空间的寂寥。7月底的一个周六，晚上近9点，新培给我发短信：“我喝多了，能来帮我开车吗？”我赶紧给他回电：“你在哪里？”“中央门……”新培软绵绵地说，“我在车里，你要是来不了，就别来

了。”“你给我好好待着，我这就过来。”我问清具体位置，出门打车赶往中央门。

我到新培所在的酒店门口，他的车停在那。我敲开车门，新培坐在副驾驶的位置，醉眼迷离地说，“谢谢！”我开车，顺着中央路往鼓楼去。新培说：“送我去公司。”“不回家？你要休息。”我说。新培说：“先去公司。”

我把车停稳，新培要我陪他上楼，“再帮我处理点事。”我搀扶新培，他说不用，“还没醉到走不动路。”到新培的办公室，他坐下开电脑，我找纸杯倒水。

新培喝下半杯水，貌似清醒了许多，“谢谢你啊！”我摇摇头。办公室里安静得很，我们目光对视，甚至能听到彼此的喘息声。新培慢慢地移动着自己，不一会，他把自己移到我的身旁。我们再次对视，呵呵地笑。新培的手腕触碰我的腰，“你热吗？”空调正散发冷风，我浑身冒汗。

我纹丝不动。新培的动作幅度渐渐变大，他抱住我。我手里的纸杯“啪”的掉落，水滴溅在我的小腿上。

他没有我想象中的暴跳如雷，我设想好的台词一句也没用上

凌晨，新培开车送我回浦口。到小区门口，新培依依不舍地丢下我，“回去好好休息，下午我来接你。”

我到家，心神不宁地看着床头上方，我和老公正强的结婚照。正强的双眼炯炯有神，盯得我不敢抬头。

正强是个憨厚的男人，别人介绍我和他认识一年不到，我们就结婚了。我想，憨厚的男人肯定能给我安稳。最后，我意识到自己的错误，和正强过日子，生活平淡到毫无气味。而且，正强常出长差，一走就是两个月。慢慢地，我觉得正强从来没有走进我的心，他只是给了我表面上的婚姻，风平浪静。

新培打电话给我，问我是否已休息？“躺下来，即将睡着。”听到新培的声音，我热血沸腾。新培说：“我能给你幸福，你安心睡觉，睡醒了我来接你。”

傍晚，我醒来，开机，第一条信息是新培的，他说：“我在小区门口，收拾好就下来。”我打开窗，室外热气扑面。

这一次，新培送了我一个Gucci包包。我眼前一亮，“不是假的吧？”“昨天看你的那个包包有点旧，”新培说，“换着用。”我的心全部融化，尽管我的脑海里还会跳出正强，而这都不重要了。当晚，我向正强坦白，开门见山地说出我已爱上别人。“哦”，正强静静地说，“想离了是吗？”这个男人真没血性。“是的，”我竟有几丝挫败感，“抽空回来把事办了。”“哦……”正强先挂我电话，他没有我想象中的暴跳如雷，我设想好的诸多安慰他的台词一句也没用上。

我恍惚，给新培打电话，“他同意了，大功告成。”“哦！”新培像是意料之中，“等我忙完，今晚庆祝。”

新培对我不再黏糊，激情都会趋于平淡

为爱情，我什么都愿意付出，净身出户又算什么！2010年3月，我成为新培的老板娘。

正式生活在一起，新培对我不再黏糊。激情都会趋于平淡，我理解。2010年4月，我代替新培去谈两个业务，都谈崩了。那几天，新培对我流露出的大失所望的神态，让我害怕。“照你这样，公司迟早被你败光。”在公司例会上，新培冷酷地批评我，我很难堪，以前从没人如此对我。

更致命的是，新培的儿子不太喜欢我。新培叹息：“你还没见过我妈呢，抽空接她老人家来南京，和你会会。”我失望，先前你要是用这种语气对我说话，我压根就懒得理你。可我现在只能忍气吞

声，我做不到知难而退，我若离开……毕竟我离婚的事很多人都知道了——这才跟新培在一起没多久就分手——太没面子了。

无路可退，我用最大的爱心对待他的儿子，我硬着头皮继续做老板娘，新培只让我帮他处理些简单的小事。我们时有争吵，吵着吵着，我感觉新培先前追我，只是为了找个助手看家并帮他照顾孩子。当初把爱情联想得波澜壮阔，美不胜收，把新培想得太好！

“从2010年3月到10月，从春天到秋天，冬天即将到来。我对爱情的追求，从春暖花开跌入天寒地冻。”我给新培发短信，道出委屈。新培问我：“后悔了？”“没有！”我很倔强。

我想找个人倾诉，思来想去，我想到正强，如今他是我的前夫了。正强从未对我发过火，也未曾埋怨过我半句。离婚全程，他始终默然。

听了我的哭泣，正强心平气和地“哦”，他好像只会“哦”。我没有得到他半句安慰，他若要我回头复婚，我定然答应他。我含蓄地试探正强，他还是“哦”……

编者心语：

其实，很多人在自诩追逐爱情的时候反而是在玩弄爱情，不过有意或无意之分而已。前者我们称之为流氓，后者我们称之为情痴。绚烂归于平淡之后，痛定思痛，二者又有多大不同？

6.婚前的隐秘经历突然曝光

关键词：隐秘

主题："做了三年的小三，我佩服你的勇气，能用三年的光阴去陪一个有家的老男人。他给了你多少钱？你积蓄不少，说，你的私房钱藏在哪？"志生没有捏造，即便他在诈我，我也认了，我承认自己做过小三，但是，没有三年，从头到尾才两年半……

他总是深更半夜才回家，我在被窝里孤单地瑟瑟发抖

凌晨一点多，志生终于回家了。他在卧室里唱歌，声音洪亮，得意洋洋。我侧身，背对房门，面朝墙壁，假装睡得正香。

2010年10月底，南京突然降温。走在路上，看到情侣紧紧依偎，我的心凉飕飕的。老公志生自今年国庆以来，对我持续冷淡。他总是深更半夜才回家。今夜，我在被窝里，孤单地瑟瑟发抖，窗外是呼呼的风声。我睡不着，发短信问志生怎么还不回家？他干巴巴地回复我："你先睡。"

凌晨，志生回到家，他没有丝毫的愧疚感，还大声训斥我，"家里跟冰窖似的，也不开空调，你想冻死我啊！"我微微地睁眼，灯光刺眼。志生打着哈欠："想睡觉，睡不着。天天失眠，你说咋办？"

我用被子蒙住头。志生掀开被子，要我别再装睡，"你以为你闭着眼就是真睡？你的伪装怎么能逃过我这猎人一样的眼睛！"

房间里的空调吹出暖风，我浑身冰凉，下意识地去拽被子。志

生打开我的手，“你也知道冷？我也让你尝尝寒冷的滋味！”“神经！”我的眼泪夺眶而出，“你放开！”志生死死地拉着被子，我拽不动。

“你凭什么这样对我，当初追我，发疯一样。追到我，就不拿我当回事。你凭什么，凭什么！”

“此一时，彼一时。”

志生抱住我，使劲亲吻我，气势汹汹。我挣扎。他骂骂咧咧，还要我“放老实点！”我忍气吞声，像志生的玩具，他肆无忌惮。

二十多天了，我遭受志生从生理到心理的摧残，他的变化之快，触目惊心。以前，志生挂在口头的话，他不厌其烦地喊我“小宝贝”“小可爱”；如今，他三番五次地念叨：“我做什么你都得忍着，因为你是我老婆。”

我低声抽泣，志生根本不在乎我的激动。他从卫生间洗澡出来，我看看时间，凌晨两点多了，明天还要上班。我有气无力地说：“你把我害成啥样？老板还问我是不是生病了。”“我害了你？你该吃吃该喝喝，是我不给你吃喝了？”志生驳斥我。

我说：“受不了，受不了你由热变冷。我把自己交给你，把我的一生都托付给你，你不知道婚姻对一个女人而言有多重要吗？”

志生没再理我，他倒头便睡。我推他，温情脉脉地喊他，“别睡，我们好好谈谈，否则我会崩溃的，你看看我的黑眼圈，我的脸色，你……”

志生打起呼噜，一分钟还不到。任凭我怎么推他的头、晃他的肩膀，他都不会醒来。其实，每天都会失眠的人是我。

志生毫不气馁地频繁约我，我基本爽约

2008年4月，志生第一次见到我，是在南京某楼盘的销售现场。我是售楼小姐，正绘声绘色地给客户作介绍。

志生的房子买在江宁，是我给他推介的楼盘。他当时所买的房子，是我眼下所在的家。

买了房子后，志生和我成为朋友。我没有留意这个胖乎乎的青年，他有一份不错的职业，收入也不错。而在我看来，他普普通通。我接触的有钱人，形形色色。

2008年儿童节，志生初次约我，我毫不犹豫地拒绝了。志生不停地给我发短信："工作再忙，也得劳逸结合，出来喝喝茶，聊聊天。出来啦！"常有人约我，我不可能一一赴约，再说，我都记不清志生具体的长相了。

一周后，志生第五次约我。恰逢我没事，下午我们在水西门大街一家茶室见面。

看我走近，志生起身笑脸相迎，"盼星星盼月亮，可把你给盼来了。"

"我不是星星，也不是月亮，我只是卖楼的。"我懒洋洋地坐在志生对面，礼节性地笑，"等多久了？""很久，"志生说，"不过，无论有多久，我都会等下去。"

我的心咯噔一下，这人也太直接了。志生问我想喝什么，他的面前放着一壶碧螺春。"添个杯子就行。"我说，"随便喝点，晚上我还有事。"

轻音乐在茶室里飘荡，志生给我倒茶，他的眼神落在我的手上，我的手指修长，他问我："是不是弹过钢琴？""正确，"我说，"观察得真仔细，还看出我会什么？"

志生笑着说，他也弹过钢琴。我们聊起音乐。志生精神抖擞，问我晚上准备干啥去，"我们去唱歌怎样，我在大学还组过乐队呢！"我说："晚上有人请我吃饭。""美女很忙，天天赶场子。"志生说，"都是些什么人请你花天酒地？""花天酒地？"我小口喝茶，

“都是些和你动机一样的人。”志生挺有意思，表面上他漫不经心，实际上他说的每句话都有着目的性。他说：“那些人都是逢场作戏，和我怎么比，我动机纯洁，是想和你认真恋爱。”

当晚，我没有答应和志生去唱歌。他过于直接，都不给我喘息的机会。

当然，志生丝毫也不气馁，他频繁约我，我基本爽约。他风雨无阻地跑到我的工作地点，像风一般追随我。而且，每次他等到我，都装着偶遇的样子。

我对志生的印象蛮好。“对你的表白过早，让你对我充满提防。可我第一眼看到你，就想告诉你，我对你有意。”志生执著地说，他一本正经。

志生对我死缠烂打，不达目的誓不罢休。

2008年12月的一天，志生和我结伴走在明孝陵。寒冷的冬季，阳光惨淡，风景萧瑟。山上无比安静。志生突然搂住我肩膀，“这么冷的天，我们该成个家了。”我刚要掀开志生的手臂，却被他声情并茂的话语打动，我像温顺的小猫，被志生环抱。

老公抿嘴一笑：“你好，小三”

2010年元旦，我和志生结婚。

志生要和我白头偕老。我们去海南度蜜月，在三亚，志生面朝大海对我承诺，“走遍天涯海角，我都要和你在一起。”我问志生究竟爱我什么？志生说：“首先，我爱上的是你的外貌，大眼睛，樱桃嘴，那啥，非常符合我的审美。还有，我能看出你是个敢爱敢恨的人，跟了谁，肯定会死心塌地。”

“讲的跟真的似的。”我笑，心怦怦跳，猜不透志生竟能看出我的性格啊。

我们的感情像平静的溪水，潺潺流淌。2010年9月，我的手机收到一条短信，正巧又被志生看到了……幸福戛然而止。

短信的内容是："我离婚了，你要是真能坚持等我三年，现在正好转正呀！"

志生问我这是谁？幸亏这是个陌生号码，我说："是谁发错了，这号我不认识。""哈，"志生漫不经心，"这人肯定是给他小三发的。"

我随手删掉短信。

整整一个星期过去，我记得那天是9月18日，傍晚，志生喊我到玄武湖边走走。我笑他哪来的闲情逸致，他说："你来了就知道。"志生在玄武门前等我，他手里拎着一只方便袋，嘴上咬着一支烟。我靠近，志生抿嘴一笑，"你好，小三。"我"啊"一声，躲开志生的直视。

我们迈着相同的步伐，往湖边走。"你有小三了？"我不能一味沉默，故作幽默，"进步得挺快。"

志生深深地吸了一口气，他看看玄武湖，又看看我，"那个号码，我去查了，他没有发错。我还请了调查公司……没想到，真没想到。"

"你说啥啊你？"我妄图做最后的辩解。志生说："我允许你装模作样，请你别入戏太深，醒醒吧，影后，别演了！"

"做了三年的小三，我佩服你的勇气，能用三年的光阴去陪一个有家的老男人。他给了你多少钱？你积蓄不少，说，你的私房钱藏在哪？"志生没有捏造，即便他在诈我，我也认了，我承认自己做过小三，但是，没有三年，从头到尾才两年半……

我们的温馨生活从此被打破，志生以往的挚爱和热情，一夜间荡然无存。我自责，我忏悔，我说那时我单纯幼稚，我痛恨自己，我说："跟你恋爱，嫁给你，我对你全心全意，和过去一刀两断，难道，这还不足以证明我对你的爱吗？”

志生冷嘲热讽，他说：“我无法原谅自己的老婆，曾经做过别人的小三。”他说我掩盖过去，用欺骗博得了他的爱。

编者心语：

欺骗固然可恶，然未必皆由恶生；理解固然可佩，然终非海市蜃楼。玩火未必一定自焚，但须慎重。若非为取暖照亮，玩火何益？

7.我的女友是未婚妈妈

关键词：纠结

主题：和我关系最好的朋友劝我还是和美静断掉，他看出我的强颜欢笑，明白我内心的纠结。“这种女人很难缠，以后会因为孩子而与前男友纠缠不清……”朋友说，“你还年轻，何必苦了自己？”

我的家里像儿童乐园，都是美静天真浪漫的布置

每次在街上闲逛，看到童装店，美静的注意力忽然就飞了过去。偶尔，她走进店里，看着五颜六色的童装，满脸灿烂。我被美静流露出的母性气息感染，陪她一起看。营业员热情地推销着。我拉着美静的手，轻声说：“操之过急啦，以后再来看。”

走出童装店，我问美静：“是不是想生个孩子？”“操之过急啦，我只是去欣赏，”美静说，她笑盈盈的，“你不觉得童装非常可爱吗？”

2010年5月，假日期间，我们在新街口万达看完电影，顺便去沃尔玛购物。美静拿起一个婴儿奶瓶，我问她是不是童心未泯，她没说话，轻盈一笑。

“要不然，我们结婚算了。”我手推购物车，心里想着的是，我和美静恋爱一年，感情持续升温，家人也催促我“男大当婚”。美静好像没听到我在说什么，她一件件往购物车里扔东西，显得心不在焉。

从沃尔玛出来，我们坐地铁，回奥体。上地铁，我对美静感慨：“20岁那年，我到南京上大学，一转眼，八年了。”美静2008年才来南京，她说之前在上海过得太累。2009年4月，我和美静通过网游成为朋友，相约见面不久便成为恋人。

奥体的房子是我在家人的资助下所买，美静和我相恋三个月，也搬到奥体。美静学的是艺术设计，自从她和我同居，我的家里像儿童乐园，都是美静天真浪漫的布置。她有一颗童心，给我带来露水一般的清凉，干干净净，沁人心脾。

2010年春节，美静去了我的老家盐城，她的嘴很甜，我的家人都喜欢她。我也去了美静的安徽老家，她的家人对我也表示满意。接下来，我们的关系突飞猛进。我时常为自己拥有美静这样的女友而欣慰，她听话，乖巧，温顺。如果我们有矛盾，我的嗓门升高，她会立刻哑然，小脸憋得通红，眼泪吧嗒吧嗒往下掉。可怜兮兮，楚楚动人。我顿时心软。

走出地铁，迈进家门，美静忙忙碌碌去做晚饭，她还有个让我心满意足的长处就是擅长做饭。

我开电脑玩游戏。嗞嗞的炒菜声，是动人的音乐。夜幕降临，美静对我喊，“别玩啦，开饭！”我慢悠悠地拿起筷子。美静解下围裙，她的鬓角潮湿，头发零乱地耷拉着。

我的心猛烈地下沉，美静的举动暴露出她的慌乱

今年儿童节，美静要去上海出差。临行前，我给她准备行李。“上海吃饭比较贵，不过这跟你没关系，出门在外，不要节省。”我一遍遍叮嘱美静，“小姑娘出远门，要保护好自己，现在外面骗子多，要多留心眼。”

美静笑我，“拜托，我在上海工作过，你瞎紧张啥啊？是不是舍不得我离开？”日日夜夜有美静伴随，她忽然消失几天，我还真不习惯，“你要迅速地去，火速地回。”

美静不在身边的日子，短暂的三天，家里空空荡荡。6月3日，美静告诉我，晚上8点左右到南京。下午6点，我急匆匆跑到火车站，等待美静。

等了两个多小时，美静出站了。我在出站口东张西望，美静向我挥手，她像一朵云飘到我面前，挽住我的胳膊，“你还真来接啊！”我说：“那当然，我要是不来，你被别人接走了咋办？”

我们乘地铁回家。美静靠着我肩膀，闭眼，她说好累。从火车站到奥体，我们没说几句话。地铁到新街口，上来一大群人，吵吵嚷嚷。美静睁开眼，东张西望，我发现，她的眼睛红红的。“昨晚没睡？”我说，“你都瞎折腾啥啊，不睡觉，昨晚干啥了？”

美静重新闭上眼，紧贴着我，“睡的啦，没睡够。”我说：“该不是看到我来迎接，激动得哭了？”美静说：“是啦是啦，激动的。”

“你们领导派你去上海干啥？”我随意地问，“把你累成这样，明天去要补贴。你不好意思说，我去帮你说。”美静没说话。我推推她，“去上海具体做什么的？”

“公司的事，”美静几乎是低吟，“公司安排出差，哪有不累的……”

我说：“肯定没这么简单，不会偷偷去见前男友了吧？上海是你的故地，故地重游，昨日重现……”这是我开玩笑的一句话，以前，我很少开玩笑。

美静的身体一阵哆嗦，像打寒战。她侧卧在我身上。“别紧张！”这还是我的玩笑。美静坐正身体，一动不动，神情呆滞，仿佛沉浸于梦境，分不清现实了。

我的心猛烈地沉下。

美静没有回应我，地铁呼呼地开动。我也没再说话，有什么回家再说吧。我希望美静反驳我，或者用可怜巴巴的眼泪软化我。

走出地铁，美静不再依偎我，她和我保持着近一米的距离，缓缓地朝前走。“坦白从宽，你还是自己承认，别让我替你说。”我的语气冰冷，“要想人不知，除非己莫为。”

“到家再说。”美静的嗓音沙哑，“我错了。”我的头脑嗡嗡响，美静，她真的做了对不起我的事。天啊，我的美静，文文静静、温柔体贴的美静，她背叛了我？

把美静拉出家门的一刹那，她拽住我的胳膊一脸惊恐

我昏昏沉沉，心被针刺，全身战栗。

美静把门打开。她满面风霜，坐在沙发的一角，像冰雕。我横躺着，对着天花板发呆。沉默，窒息的沉默包围我。

“对不起，”美静开口，她接连咳嗽几声，我想给她倒水。美静说：“有些事，瞒不住一世，我想了好长时间，还是告诉你，因为你爱我，你信任我，我信任你。”

我的心怦怦地跳。

美静说：“前男友和我……我和他，分手之后，我就来南京了。”

我说：“你们这次见面，都做了些什么？”

“你听我说完，”美静的眼泪掉下来，我的心口疼痛，说不清是为谁疼。美静说：“这次不是为他……这次，我们也算是把事情彻底做个了断……”

我去给美静倒水，她接过水杯，一饮而尽。她的眼眶盈满泪水，她的抽泣声平息了我心头的怒火。我的心变得柔软。

美静讲述了她的过去，虽然是蜻蜓点水，却足以使我震惊。她曾怀孕，并且，还把孩子给生下来。后来，美静和前男友关系破裂了。

“孩子在他父母那，生病了，非要我去看看。”美静说，“我这次去上海，是最后一次，我不会再去了。”

我哑口无声。我听说，女人随着年龄的增长，会越发想念自己的骨肉，哪能轻易说忘就忘？美静要我相信她，给她一次机会，“我是爱你的，在乎你，把自己的所有都给你，我什么都依赖你……”

想到美静的好，她的柔情，她陪伴我的这段时光，太过深刻，我承认，我对她恨不起来。

我用毛巾为美静擦脸，要带她下楼吃饭，她说不饿，我使劲拉她。我把美静拉出家门的一刹那，她拽住我的胳膊，一脸惊恐：“你不是要把我赶出门吧……你别……”“没有，别胡说八道。”我平和地说，“一起去吃饭，我也饿着呢！”

生活还在继续。我变得忽冷忽热，美静细心地对我察言观色，讨好我。

南京的秋天说来就来，美丽的法桐落叶，铺天盖地。2010年10月初的一天中午，美静在中山东路等我，她要送我生日礼物。午休时间，我走出办公室，美静在马路边等我。远远的，我看见她站在秋风中，孤零零的。法桐叶哗哗地落。中午的秋日阳光，细致，清淡。南京的天空，微微的蓝色夹杂着灰白的薄雾，阴柔而沉静。路边落叶被一阵阵风吹得飘起来，树上的枯叶继续下坠，和地面飞起的树叶一起盘旋。秋风如此寂静。美静手里捧着一个礼品盒，我不知道里面包着啥，晚上，我拆开，是一块手表。

和我关系最好的朋友劝我还是和美静断掉，他看出我的强颜欢笑，明白我内心的纠结。“这种女人很难缠，以后会因为孩子而与前男友纠缠不清……”朋友说，“你还年轻，何必苦了自己？”

编者心语：

忍字头上一把刀，但这刀未必一定成为凶器，倒可成为剜除心疮的手术刀；一失足成千古恨，再回首已百年身。老话虽如此，涵义却更新。

8.老婆和男网友聊了通宵

关键词：结婚

主题：医生嘱咐冰冰，倘若再做人流，或将导致她终身不育。事已至此，我们只能匆匆结婚。没想到，这场草率的婚姻埋下了太多的躁动。冰冰对婚姻现实的不满，她和男网友通宵达旦地聊天，还要见面……

冰冰又一次怀孕，她的脸庞爬满泪痕

我和冰冰大三那年开始同居。2005年9月，我们大学毕业才两个月，冰冰又一次怀孕了。

在锁金村的出租屋里，冰冰的脸庞爬满泪痕：“怎么办？”我也无比惆怅。医生嘱咐过，倘若再做人流，或将导致冰冰终身不育。

“我们结婚吧！”冰冰淡淡地说。“啊……”结婚是个遥远的词语，如今，迅速奔我而来，我猝不及防，“拿什么结？”冰冰默认，我叹息。

现实不容回避。冰冰咬着牙向父母讲述了自己的状况。我吞吞吐吐地对家人说出眼前的处境。结果，我们在双方家人都不太满意的状态下，草草地办了婚礼。

因为房子，双方家长闹得很不愉快。我的家人提出首付各出一半，冰冰的家人不乐意。最终，冰冰家人也拿出一笔钱买房，冰冰耿

耿于怀，“谈恋爱那会，你咋说的？不是我家出不起这个钱，我看你们家人明显不重视我，看生米煮成熟饭，就干脆拿我不当回事。”我说：“不要太较真，房产证上也有你的名字，还不是一人一半嘛！”

冰冰怀着莫大的委屈，在成为我的妻子之后很长一段时间，她还没有走出闷闷不乐的阴郁。冰冰总是唠叨：“你家人不重视我们。”

我和冰冰恋爱期间，爱情之路，花团锦簇。到头来，不得已而为之的婚姻，冷酷地扼杀了我们的爱情。婚礼现场，冰冰强颜欢笑。洞房花烛夜，冰冰更是冷若冰霜，她不让我碰，“越想越窝囊，我被你给毁了！”

家里开销越来越大，她说我挣钱太少

女儿出生了，冰冰能从我父母脸上捕获到不快的神情。我妈口口声声要抱孙子，最后抱到的是孙女，不禁偷偷地唉声叹气。

2007年元旦，我在书房玩电脑。“松开！”冰冰的嗓门很高，“把手都拿开！”孩子哭起来。我迅速跑出房间。我妈嗫嗫嚅嚅，“这……那……”

“怎么回事？”我赶紧打圆场。冰冰说：“你妈抱孩子都抱不好，孩子头上碰了个包。”“小孩子摔跤没啥，我小时候哪天不摔跤啊！”我极力化解矛盾，伸手去抱女儿，“来来来，爸爸抱。”冰冰推开我，同时要求我妈别再照看孩子，“老人家，以后你还是该干吗干吗去吧！你喜欢抱孙子，去找你儿子要去……”

我顿时火起来，举手给冰冰一巴掌，“没完没了！”结婚至今，冰冰始终对我全家心存不满，我竭尽全力地调和着双方。动手打冰冰，我的手落在冰冰脸上的一刹那，突然意识到自己的错误，怎么能打女人呢！可我收不回自己粗鲁的手势，冰冰号啕大哭。孩子的哭声更大，此起彼伏。我妈也哭起来……

后来，随着我妈的退出，慢慢的，冰冰把注意力都集中在孩子身上。时间不长，冰冰好像忘记了和我家人有过冲突。我们的争吵，正在围绕着柴米油盐。家里的开销越来越大。冰冰轻描淡写地说我挣钱太少。“刚毕业就成家，我被家庭给拴住了，想发展也无能为力。”我想和冰冰辩论，她冷笑几声，对我置之不理。

再后来，冰冰的脾气变好了，她不再招惹我，她还要忙着上网聊天。我亲眼见到冰冰和男网友视频。

那天，我提前下班回家，推门而进……冰冰戴着耳机，一边说话，一边噼里啪啦地打字。我咳嗽几声。冰冰回过头，“这么快就回来了？”“打扰你没有？”我说，“真不好意思，我没敲门。”

冰冰关掉视频，起身，踢踢腿，扭扭腰。“和这个男网友进展到什么地步了？”我嗤笑。冰冰说：“你的语气很不友好，要不要看看我和网友的聊天记录？看看我们有素养的人，究竟是如何交流的……”“少来，”我打断冰冰，“你看你鬼鬼祟祟的，装什么清纯！”

冰冰指着我，她消失已久的咆哮卷土重来，“我很单纯地跟网友聊聊天，探讨夫妻相处应该注意哪些问题。你别冤枉好人！我们视频怎么了，看看对方几斤几两也不行？”“好好好，真要是一清二白，我无话可说。对不起！但是，你也得适当考虑我的感受，你不能随便和别的男人视频，你们很熟吗？”

冰冰纹丝不动，我的手腕搭在她的腰上

生活平平淡淡。我担负着养家的任务，没日没夜地奋斗。冰冰的工作相对清闲，她要带孩子。2010年8月，冰冰生日的前一天，我给她买了OPPO手机最新潮的一款。外加一大束玫瑰。从新街口打车回江宁，我小心翼翼地保护着玫瑰。刚到小区门口，正好碰见冰冰。司机轻踩刹车，我从车里探出头，和冰冰的视线对接。“呦，发财了，以车代步。”冰冰说，“你坐地铁会死啊，我也是挤二号线回来的。”

我下车。冰冰看到红玫瑰，不吱声了，她接过花，再接过崭新的手机。我说："老婆生日快乐啊。""谢谢！"冰冰温柔地说，"还以为你和去年一样没心没肺，原谅你了。""原谅我什么？"我明知故问。冰冰没说话，她屏住呼吸。新鲜的玫瑰花香，阵阵扑鼻。

8月29日，冰冰生日。凌晨，我早早地睁开双眼，寻思今天怎么给老婆过生日？冰冰侧身睡着，我的手腕静悄悄地搭在她的腰上。冰冰纹丝不动，我也没动。片刻，冰冰的上半身轻微地蠕动。我起身。冰冰迅速趴下，她的上半身轻盈地压住我给她买的新手机。

"醒了啊？"我低声说。冰冰好像睡意朦胧，"被你吓醒了。""天还没亮就玩手机，"冰冰刚才在玩手机被我看到了，我说，"任何东西都有保鲜期，爱情也一样。这几年我们光顾着养家，忽略了对感情的投入。我要经常买花，买礼物。让生活回到我们的大学时代！"我起床，告诉冰冰，今天出去玩，"去奢侈一把，吃香喝辣，去给老婆买衣服。"

冰冰说我疯了。才没疯呢，我工作顺利，收入增加，视野渐渐开阔，想在老婆身上多花点钱，以弥补婚姻之初她受过的创伤。

冰冰还在睡。我转身去书房，打开电脑，打算搜索一下出行路线。我顺便打开QQ，冰冰的QQ也在线，显示为手机登录。不过，她很快又下线了。

等我把早餐准备好，冰冰揉揉眼睛起床，她摇摇晃晃去卫生间。我进卧室叠被子。冰冰的新手机在床头，我随手摁开QQ，看她的最近聊天记录。部分对话如下：

A："用手机聊天方便而安全，他看不到的，正睡着。"B："跟你聊通宵竟然不觉得累！"

A："他突然对我很贴心，我们还是别见了。"B："他那是三分钟热度，我对你的感情经得起风吹雨打！"

A："哎呀，不说啦，困死了，我们睡吧……"B："要我抱着睡吗？"

A：“讨厌”B：“嘻嘻”……

怒火中烧，我将被子扔在床头。我强迫自己克制，而我的自制力有限。“啪！”红色的OPPO手机几乎粉身碎骨，老婆的生日礼物被我有力地砸向地面。地上白色的瓷砖，坚硬无比。灯光和窗外的光亮，非常刺眼，我目眩。冰冰走来，一脸惊讶，她披头散发，光着脚，脚底下踩着她才使用一夜的手机的电板，发出“咯吱”的声响，却没把她刺痛。

“什么意思？”冰冰先打破僵局，她脸色阴沉，也不知是心疼手机还是做贼心虚，蹲在地上，一副怒不可遏的模样。我跺脚：“你还有脸问！你不说我冤枉你吗？有种再说一遍！”冰冰站起身，我气愤难当，甩手一巴掌又把她打蹲下了，“滚，让他抱着你睡去吧！”

我冷眼旁观，冰冰坐在餐桌旁，在抽泣声中喝几口牛奶，“本来……我还真不打算去了，现在是你逼迫我，我做给你看。”她哭哭啼啼，去收拾几件衣服，还拿走我的信用卡，摔门而出。

编者心语：

细细想来，令人心生疑窦：身体与心灵皆已契合的男女，为何会为金钱物质翻脸？都说孩子是爱情的结晶，缘何结晶有了，爱情却泥牛入海？莫非金钱重过身体，物质大过爱情？孩子既然同为夫妻至爱，为何反成伉俪反目的罪魁？孰轻孰重，不容混淆。

9.女友大我15岁，爱情会随着光阴老去吗？

关键词：姐弟恋

主题：爱上比我大15岁的女友。爸爸说："你这是给自己找妈。"妈妈说："我和你爸虽然离异，但是对你的关爱不比别人少。你要什么我们给你买什么。但是，婚姻大事不是儿戏，年纪太大，绝对不行！她还能生孩子吗？"

如芸是我喜欢的类型，她双眸明亮笑容温暖

看到如芸，我想到明星中的刘若英，以优雅衬托知性。

2009年5月，我去四川旅游，如芸和我同团。在成都下飞机，我几次想和如芸打招呼，而她的注意力大多集中在导游身上。

出机场，众人有秩序地登上一辆大巴。我有意识地插队，靠近如芸。导游对着喇叭喊："大家别挤，都有座位。"好几双眼睛刷地瞄向我，从头到尾只有我一个人插队。如芸也看着我，她面无表情。我想再看她一眼，她轻轻地抬起腿，闪到大巴里去了。

我上车，如芸附近的座位皆已坐满。导游滔滔不绝，我心神不宁。如芸靠着窗，她拿手机，慢悠悠地拍照。

汽车停在一家酒店门口。下车。众人零零散散地走向酒店。我和如芸机缘巧合地走到一块。

"第一次来成都啊？"我搭讪。如芸很有礼貌地说，"是的。"

“我来四川两次了。有些地方，值得一去再去。”“那你能做我们导游了。”

导游开始分房卡，打断我们的对话。接下来，我很难再找到机会和如芸说话，她和另外一个女子形影不离。她们像是同伴。

下午，我以照相的名义和如芸身边的女子混熟。并且顺利地打听到如芸的名字，还有她的职业，在一家文化单位工作。

顺理成章，我成为如芸以及她同伴的“导游”。从四川回南京，我们是不折不扣的朋友了。她们与我互留手机号码，如芸亲切地喊我小弟。

但我还是不相信，如芸竟比我大15岁。我27岁，她42岁。她的外表最多30多岁，不显老。再加上着装打扮的新潮，左看右看也没有40多岁啊！

如芸是我喜欢的类型。双眸明亮，点缀着些许有过故事的女人特有的经历；笑容温暖，有着包容一切的仁爱。她时尚而不妖娆，美得纯粹，风姿绰约。

以前我谈过一次姐弟恋。和那位姐姐分手后，我对比我年轻的女孩再也提不起兴致。

我夹起一块茄子去喂如芸，她说我没大没小，想到如芸的年龄，我黯然

如芸不知道我的心思。2009年儿童节，我约她去苏州玩，她先是拒绝，我赶忙说：“陪小弟去玩玩啦。”接着，她又改口答应。

我开车到龙江接如芸，她穿着运动装，耐克鞋，大墨镜遮住她的眼神。如芸长发随风飘舞，她像一股风，吹拂到车里。“生机勃勃！”我说。“什么？”如芸有意反问。我说：“节日快乐！”“节日快乐！”如芸笑盈盈，她略带诧异地问我：“你怎么会想到约大姐这样的人出去玩？”

我说：“跟大姐在一起玩，可靠。现在的小女生，浮躁。”如芸

问我究竟多大，“30啦！”我脱口而出，“是不是看上去和你差不多大。”“哪里哦，”如芸微微地摇头，“你和我没有可比性，不是一个年代的。”

彼此无语。车厢里荡漾起张艾嘉的《爱的代价》：“还记得年少时的梦吗，像朵永远不凋零的花/陪我经过那风吹雨打，看世事无常，看沧桑变化/那些为爱所付出的代价，是永远都难忘的啊……”

“你像一个女明星。”我侧目，如芸半闭着眼，她沉浸在音乐声中。我说，“我前女友和你长得很像……嗯，相似程度惊人。”如芸把我的话都当做玩笑，她像是自言自语：“你这样的小男生，有大把的光阴可以挥霍。青春比什么都值钱，转眼就没了。”

如芸有些小感伤，我改变话题，川流不息地给她讲笑话。如芸被我逗乐了。从苏州返回南京，她说我是“可爱的男生”，“和你在一起，很开心。”

从此，我频繁地约如芸出来玩。她也曾爽约过，原因是工作太忙。我的心都集中在如芸身上了。接触次数增多，她的年龄被现实的亲切妩媚渐渐遮掩。

2009年10月，如芸搬家，我去帮忙。我开玩笑问她哪来的钱，又到城东买套房子。如芸说：“前夫的房子。现在属于我，重新装修了。”我的心里像被什么捅了一下。

搬家的过程中，如芸的脚被砸伤。不知是我心不在焉，还是她三心二意。我们想把茶几移动位置。我明明听到她说“好”，于是松手。看我松手，如芸也松手，茶几莫名其妙地砸在她的脚上。如芸埋怨我为何突然松手，我说是你说“好”的呀！如芸说她没有说话。“难道我出现了幻听？”如芸的脸上弥漫着痛楚，满脸汗珠。她被砸得不轻，我背她去医院。

如芸的脚受伤了。我得以贴身照顾她，每天来给她送饭。有一天，我在如芸家，陪她一起吃鱼香茄子的时候，不经意间，我夹起一块茄子去喂如芸。我们的目光相撞，都很羞涩。我埋头，自己把茄子吃了。“别没大没小。”如芸悄声说，她的声音像蚊子哼哼。

如芸像大海一样包容我，家人不懂我狂热的激情

如芸的脚伤恢复，能够正常走路的时候，我们去黄山玩。在黄山，我们住在同一间房子里。爬山的分分秒秒，我们手牵手。起先，我试探如芸，想助她一臂之力，只扶她的手臂，之后我索性拉住她的手。如芸默许了我的主动。

晚上，我们同住一室。“房子难订，好不容易才订到一间。”总得师出有名吧，我嬉笑着说，“你睡床，我睡地上。”我确实照此做了，而夜半时分，当我爬到如芸的床上，她还帮我盖被子，关切地说：“地上不舒服吧？”我激动地抱住如芸，心怦怦跳，跳得我打起寒战。

早晨，如芸比我醒得早。我睁开眼，如芸正乖巧地卧躺在我的怀抱。她的眼眶盈着泪，像秋天的露水，晶莹剔透。“怎么啦？”我睡意全无。“没啥。”如芸不再是我的大姐，我是男人，此时此刻，她是我小鸟依人般的女人。

“没想到，”如芸细声细语地说，“真没想到……你爱我吗？”她傻乎乎的。“爱，非常爱！”我斩钉截铁。如芸告诉我，她和前夫离婚后，又谈过一次恋爱，但那男人是个骗子，“骗了我几万块钱后消失了，他说我是个招眼的女人，‘靠不住，只能见好就收’”

我很费解：“你是个好女人，那些男人愚昧透顶！”怜惜如芸的过往，我抱紧她，“你要信任我，我和你结婚！你相信吗？”如芸的鼻翼一静一动，她雪白的脸庞美若月亮，悄无声息地打动我，我变得豪迈、自信、果敢，“我要和你结婚！”我一遍遍重复，心无旁骛。

知道我新交了女朋友，还要谈婚论嫁，多年前就已离异的父母兴致盎然，要为我把关。“先预热，看看面相。”我拿出如芸20多岁

时的照片，“这是她刚毕业那会，现在……她更成熟。”爸爸目不转睛，赞美照片中的女子清新脱俗。妈妈留个心眼，“她今年多大了？”“30出头，”我说，“真人比照片要显老。”

无数次内心的纠结与现实的碰撞，使得如芸对未来信心满怀。热恋中的女人，心潮澎湃地遗忘了自己的年龄，她面泛红晕，在我的承诺声中，答应嫁给我。

2010年7月，我的父母宴请如芸。餐桌上，大家谈笑风生。我异想天开地以为父母对如芸很满意。晚上，我含蓄地说出如芸的年龄，并略作瞒报，“40岁……”

家人瞠目结舌。“你真是瞎搞。”爸爸说，“你这是给自己找妈。”妈妈脸上挂不住了，“我和你爸虽然离异，但是对你的关爱不比别人少。你要什么我们给你买什么。但是，婚姻大事不是儿戏，年纪太大，绝对不行！她还能生孩子吗？”

如芸像大海一样包容我，在床上，在路上，在点点滴滴的生活细节中。父母不懂我狂热的激情，竭尽全力地阻止我。我爱眼前的如芸。

“她现在是花钱保养，看上去跟明星似的。再过几年你会后悔的，光阴不饶人，你看你妈，前几年也很招眼。现在你再看看，那边过完50岁生日，这边你看看脸上的斑……”

“少来了，你也不看看你自己。”妈妈拍桌子，和爸爸吵起来。我在嘈杂声中陷入前所未有的深思，10年后，如芸年老色衰，我才年仅40，那时的我，能否接受容颜枯萎的女人在我的枕边和我相拥？

编者心语：

对父母瞒报年龄，已证明缺乏底气；餐桌上的犹豫更像试纸，试出爱情的酸碱度。爱情固然通常意味着相依相偎，耳鬓厮磨，然而，及时刹车，还对方空间又何尝不是一种更高的高度？

10. 婚后第7年老公难耐婚外诱惑

关键词：7年之痒

主题：结婚7年了，老公把生活比喻成平淡的白开水，寡然无味。他有了外遇。我问他："满打满算，我们结婚正好七年。这就是传说中的7年之痒？你按捺不住寂寞了？现实让你抓狂了？去找小女人使你青春焕发了？"

老公把房产证递给我，上面只有我一个人的名字

我每天都活在矛盾和痛苦中。满脑子都是一些我没看到、也不可能看到的画面。那些我想象出来的模糊画面，在我脑海中晃动不停，挥之不去。

噩梦惊醒，枕巾湿透。身边鼾声依旧，老公正无辜地沉睡。我无法忍受老公曾与别的女人卿卿我我。在别人眼里，我是幸福的。唯有我自己清楚，我是失败的。

我哭醒了。夜深人静。"离吧……"我哽咽，屋里回音阵阵。老公翻过身，他也醒了，紧紧地抱着我说："我最在乎的人还是你！"他坚决不同意离婚，"我不会放你走的。"7月的南京，闷热。空调呼呼地吹出冷风，我的身上汗津津，被老公抱着，他的身上也黏糊糊的，全是汗水。

"这不是我想要的生活！""我会弥补你的！"

我们在江宁买下一套新房，老公把房产证递给我了，上面只有我一个人的名字。他知道我心软，软硬兼施逼我妥协。

这个我全身心爱着的男人，他用自己落寞的一面乞求我的原谅，我心情复杂极了。7岁的女儿在房间里睡着，想想女儿，再看看老公，我的眼泪不听话地往下掉。

结婚7年了，都怪我将精力过多地放在女儿身上，忽略了老公，才导致他的不忠。

结婚7年了，现实比白开水还平淡

老公有自己的公司，他智商很高，做事细致入微。他的座右铭是“滴水不漏”。然而，再谨慎的人也有打盹的时刻，2010年6月，我无意中翻到了他的日记。

写得像梦境：

F想去旅游，我也想带她出去。跟团外出，住宿还要登记，这会暴露我的行踪。细节上，我不想有丝毫瑕疵。好在F果然聪慧过人，她建议我租个房车，开车去玩。她去租，全程都用她的名字。

结婚7年了，现实使我疲倦。一切按部就班，寡淡无味，比白开水还平淡。2010年5月的南京，春暖开花，气候宜人。应该带老婆孩子出来玩的。茫然。依维柯房车穿梭在高速公路，迷人的阳光穿过窗，打在我脸上，我竟然有点内疚，老婆孩子不知道我在干什么？F在副驾驶的位置，像小鸟一样叽叽喳喳，天气真好。看到F灿若星辰的脸庞，我低落的情绪陡然高涨。F就像兴奋剂，她能让我找回逝去的岁月。

晚上，睡在房车里。抱着F，给老婆打电话，胡编乱造，哄她睡觉。F脸色平静，也不知她正在想什么？挂断电话，我的时间全属于F了。F，妖精一样的小人儿，我只想抓着你，抓着你不放。这个体贴无比的小人儿，她是春天的花朵，冬天的棉花。

在安徽浙江玩三天。回南京，去红山还车。我笑，车名字起得真有意思，“越界房车”。F懂得我复杂的笑容，她爱我，所以原谅我对家庭一直抱有的忠诚。只是，我最终还是越界了。

这三天过得就像一天，睁眼天亮，闭眼天黑。

日记的记叙时间落款为5月4日。

三天就像一天，这三天，我天真地相信了老公，他说大学老师过寿，要去重庆庆祝。他还给我看了往返重庆的登机牌，也不知他怎么糊弄我的？我像个傻子似的，三番五次提醒他别喝起酒来没有数。我……

老公一根接一根地抽烟，我的心底涌出万千愁绪

老公的日记零零散散地记录着和F之间的温馨。面对我的泪水，他一筹莫展。

“你是不是……故意想让我看到那些日记？”我搞不懂老公的谨小慎微会出差错，“从你的外表，根本看不到你的心。”老公说：“要不是因为搬家，你不会看到的。既然被你看到了，我真的无话可说。”

“还有什么要给我看的，”我认为老公的疏忽纯属天意，“或者说，还有什么要说的。全都告诉我吧。”老公说他不想为自己辩解，“不过，希望能得到原谅。其实，我的心没有变。我发誓！”

誓言都是浮云，鬼才信。我说：“满打满算，我们结婚正好7年。这就是传说中的7年之痒？你按捺不住寂寞了？现实让你抓狂了？去找小女人使你青春焕发了？”

我们在江宁的新家对抗着，家里还没收拾好，有些乱。老公一根接一根地抽烟。

“呵，我们还打算庆祝乔迁之喜，哪知被我碰到一颗定时炸弹！”我的心底涌出万千愁绪，真不是滋味，“你也是个无耻的躁动的男人！”

“等你安静下来，我们再谈，你正处于强迫症状态。”老公说，

“反正不离婚，我们是亲人，不能互相残杀。”

他的话苍白无力，面对诱惑爱情如此脆弱

1999年，我和老公大学毕业之际发展成恋人，后来演变成异地恋。10年前，我在重庆。他的工作流动性强，常年在华东主要城市奔走。

异地恋有一股苦涩的味道，我们通过短信和电话，如痴如狂地抚慰着彼此的相思之苦。最长的一次通话，煲电话七小时。天南海北地侃，就是不想挂。这就是爱，我觉得只要有爱，其余的任何问题都不是问题。

7年前，老公到南京工作，他说，“这一次我稳定下来啦，不跑了。”我激动地从重庆赶往南京。2003年春天，我们领了结婚证。他没有给我戒指，没有给我华丽的婚礼。我说了，只要我们有爱，别的问题完全可以忽略。

2010年8月，我把过去的恋爱经历写出来，摆在桌面，请老公阅读。“我没有忘记过去，”看完我的记述，老公说，“正因为我对过去记忆犹新，所以才苦口婆心地请求你的谅解，下不为例。”

经过一系列深刻的洗礼，老公变了，他像恋爱那会，没完没了地缠着我，心思全集中在家里。表面上，我似笑非笑，我的内心却有着如释重负的轻松。好在老公还能回心转意。

我最大的缺点就是轻信别人，我想，老公是我至亲的人，他不可能再骗我。在我相信老公的心已经回家的那些天，我逐渐平静下来。

以至于今年国庆长假，老公陪了我和女儿三天后，被他的一个朋友约去“谈生意”，我又一次相信了。

10月4日，我和女儿在新城市广场吃晚饭。老公显然没料到我会从江宁来河西。

当时的画面：我无意中扭头，窗外的广场上有个人影，似曾相识。我的心一惊。“慢慢吃，妈妈去洗手间。”安抚好女儿，我急切

地奔往广场。那个应该是F的女人，像走步的模特，不紧不慢。老公低着头——就要撞到我——我挡住他即将登上一辆白色的越野车。“冤家路窄！”我说，“这不是你的车，你给F买的？”那个应该是F的女人坐在车里，一动不动。“你不是说已经结束了吗？我……原以为生活稳定了。”那一刻我思维停滞，整个人都像被掏空了，彻底崩溃。眼前这个最熟悉的陌生人，我爱他很多年，他把我狠狠打倒。“我们是结束了，再谈谈。要不然的话，我怎么敢在这里正大光明地和她走在一起？”老公的话苍白无力。

“你还记得我为你流掉了我们第一个孩子那天吗？我舍不得，我怕！我一个人去的医院。你说我们暂时养不起孩子，我明白。爱情让我变勇敢，也让我变残忍。一路走来，我有开心，也有不开心。我学会了宽容，学会了坚强，当然，也学会了依赖。我依赖你！没想到，面对诱惑，爱情如此脆弱……”我疲惫至极，说不下去了。

编者心语：

距离产生美感或小三；然而没有距离，产生的却是疲惫和小三。莫非人心真是难测的深海？莫非刺猬才是真正的哲人，既保持距离，又足以相互取暖？

爱情既非温室之花，亦非易碎的陶器，信任且呵护，当无大错。

11.越过友情的边际，我们走入爱的禁区

关键词：友谊暧昧

主题：永维的冲动像退去的潮水，他也变得萎靡不振，软绵绵地卧在我身边，“我们做得不对。”我们的醒悟来得太迟，一切已经发生。永维沮丧地起身，他捡起扔在地上的睡衣，再次重复，“我们做得不对。”

男女之间有真正的友谊，与爱情无关的友情最纯净

我相信男女之间有真正的友谊。永维，我高中三年相处最好的男同学，我们情同兄妹。

2004年，我考到武汉读大学，永维考到了南京。大学四年，永维经常在QQ上对我发牢骚：一个小女孩，非得往省外跑，毕业赶紧来南京，我们一起玩啦。

2008年10月，我和男友保元一起，从武汉来到南京。永维给我们接风。按我的要求，他还提前把房子租好。

永维住在集庆门。他帮我把房子找在汉中门大街，我嫌这离集庆门太远。永维说：“我还想让你们来合租呢，你以为找房子那么容易啊！”

男友说我太挑剔，人家帮我们找房子够辛苦的了。我说：“永维这小子要是不把我接待好，我住他的房子，让他去睡大街。”永维配

合我，“那是，那是，一切都按您的吩咐办。”

男友和永维相处一段时间，两人忙不迭地称兄道弟。起先男友还吃醋：“你和永维到底是什么关系？”我说：“死党。”“男女之间有纯粹的友谊吗？”“废话，当然有！”

不久，永维有了女朋友，姗姗。是一位幼师。温柔体贴，就是小肚鸡肠。她也吃我的醋。永维偷偷告诉我，“她盘问我若干次，质疑我俩的关系。”

时间不长，我和姗姗成为要好的姐妹。我和保元，永维与姗姗，四个人，周末结伴到处游玩。一块吃夜宵，去KTV唱歌，打牌。

这是一种与爱情无关的友情，安全、纯净、不夹杂半点尘埃。我认为，可以终生保持。

我曾把自己的忧伤，像水一样倾倒给永维

永维和姗姗开始谈婚论嫁，2009年3月，永维在城北买了一套房子。我和保元去参观他的新居，骤然之间，我发现永维不再是昔日那个跌跌撞撞的少年了。

我祝贺永维。永维说：“要不你们搬来住，还有个小房间正好空着。”姗姗也附和：“这个房子大，能住下很多人，住过来还热闹呢！”

我扭头看保元，他端着杯子呼呼地吹气，水蒸气弥漫。“我们还住集庆门，那里上班近。”保元慢吞吞地说。“保元到哪，我就到哪。”我靠近男友，挽着他的胳膊，紧贴他的怀抱。“别秀恩爱，”永维去抱姗姗，“就跟我们不会似的。”姗姗嘻嘻地笑，想推开永维，又像是拽他。我从姗姗的眼神里捕获到一丝如释重负，或许她担忧我真的傻乎乎搬到永维的新居？

从永维家走出来，保元有力地揽住我的腰，“你看看这城北地带，这环境有啥好，我们以后直接把房子买在河西。面朝长江，春暖花开。”“我们买大的，你看看他家那房子，才一个卫生间，还那么

小。”我说，“你可得好好挣钱呀！”

保元不知哪来的奋斗力量，隔三岔五待在办公室不回。他是摩羯座，工作起来不要命。我心疼他，偶尔，深更半夜做鸡汤，坐夜班公交车给送到新街口。在公交站台等夜班公交车，夜风吹拂我，我想哭。男友和我，家境一般，我们想在南京安家的话，要付出很大代价。我曾把自己的忧伤，像水一样倾倒给永维。永维安慰我："什么都会有的，别急，要有耐心。”是啊，要有耐心，等夜班公交车也是如此，等了很久，等到疲倦，一辆夜班车缓缓地开来，却不是我要乘坐的。

为了事业发展，2009年8月，保元被集团安排到无锡分公司去。到无锡，收入会增加。而且，有了这个履历，来日再返南京，更有含金量。保元徘徊，动员我也去无锡。我说："我喜爱目前的工作，去无锡要从头再来。况且，你去的是分公司，总部还在南京。你还要回来的。”保元信心百倍地去无锡了。

保元不在身边，我才意识到伴侣的真正意义。一种夜不能寐的寂寞此起彼伏，寂静的房间无比荒凉。我怕，蒙着被子躲起来默默流泪。保元打来电话，哄我，给我唱歌。他知道我胆小。

我和永维迎头撞上，他要我穿上姗姗的睡衣

每逢周末，保元马不停蹄回南京。或者，我急匆匆去无锡。

有时，刮风下雨，我蜷缩在床上，保元爱莫能助。我让永维来接我，“今晚去你家，我和姗姗睡，你该去哪去哪。”

2010年4月，应该是愚人节那天。大雨倾盆。我下班直接坐地铁去迈皋桥，再转公交去永维那。永维把门打开，没有感到意外，他说：“来之前也不说声。吃饭没有？”“没有。”我进屋，很自然地问：“姗姗呢？”“姗姗回老家了，她家有事。”永维说，“估计要两三天。”

“哎呀呀，”我开玩笑，“那这几天，我来你这住啦！”永维接过我的包，“赶紧吃饭，我刚开始。”

永维去盛饭。我坐下喝水，给保元发短信，跟他说，我在永维这。

晚上8点左右。永维给姗姗打电话。我洗澡。洗完澡，我从卫生间出来，往客房走。和永维迎头撞上。“你个死孩子，又不想穿睡衣。”永维拿着姗姗的睡衣，“你别跟姗姗说穿了她的睡衣。”“晚安！”我抓过睡衣，进客房。

穿上姗姗的睡衣，我疲惫地躺下。淡蓝色的被套和床单，散发着洗衣粉的清香。和洗发水、沐浴露的气味混在一起。保元给我发短信。我说我正在看电视。电视上正播放一个选秀节目，我把声音调大，保元马上就会打电话过来。“喝水吗？”永维在门口喊。“送来！”我也喊。永维推开门，将一个大玻璃杯放床头柜，汩汩地倒入开水。

永维走出房间，“把门反锁上，小心我夜里闯进来。”“来就来……”我说，“……别吵，我家保元来电话了。晚安！”

我的兴致渐渐暗淡，对永维的动作有了排斥

和保元通完电话，我盯着电视机发呆。我调戏永维，给他发短信：“一个美女在隔壁，你有没有什么不适应？”说实话，我对永维没有半点的那种男女之间才有的情愫，只是为了好玩。

“做你的梦去吧，我很正常。”永维回我，“有什么话出来说，一条短信一毛钱呢！”

我们各自走出卧室，在客厅沙发上坐下聊天。永维装起不正经：“你和保元一月才见几次，能行吗？”“你真邪恶。”我乐不可支。永维说：“有需要就说声，乐意效劳。”

客厅的空气陡然凝滞。本来，我们嘻嘻哈哈地瞎扯。永维变得神神叨叨，他是不是以为我真有“那样的意思”？

一句句玩笑的话，在安静的，两人共处一室的温暖的氛围里，一

丝丝暧昧像花香一样，绵延，飘荡。永维歪着头，偷窥我露在睡衣之外的小腿。我鬼使神差地说："那你来效劳。"屋子里回声阵阵，我的声音太大了。

永维的脸红扑扑的，那是一种说不清的表情。他靠近我，右手臂轻轻搭我的肩膀。我没有抵触，他再次靠近我，右手滑过我的肩，微妙地碰我的胸。我们的目光碰撞，仿佛是雪藏了几十年的干柴烈火，一触即发。

我被永维抱起来，他抱我进客房。灯光刺眼。我的兴致渐渐暗淡，对永维的动作有了排斥。我想推开永维，他像牛似的压住我。永维生机勃勃，我奄奄一息。我不是没有原则的人，我为自己先前的稀里糊涂懊丧不已。很快，永维的冲动像退去的潮水，他也变得萎靡不振，软绵绵地卧在我身边，"我们做得不对。"

我们的醒悟来得太迟，一切已经发生。永维沮丧地起身，他捡起扔在地上的睡衣，再次重复，"我们做得不对。"

第二天早晨，永维做好早饭等我起床。在饭桌上，我羞愧得不想抬头。沉默，窒息一般的沉默。以前的那种友情式的话语，再也不合时宜，都是过往了。

要上班了。走出门外，永维随手帮我把零乱的几缕头发别到耳朵后，"唉！"我们异口同声叹息。

编者心语：

女儿是父亲最后的情人，儿子是母亲的第一个情人。男女间无纯粹的友情，时日久了，难免儿女情长。不同的是程度的多少与是否付诸行动。男女间的交往须预留安全距离。

12.不孕恶作剧葬送爱情

关键词：怀孕

主题：我不可能去医院做检查，再说，我俩还没有结婚。贤亮固执地说，“不去医院说明你心虚。”我们的爱情有了鸿沟，贤亮偏激起来，和他保守的性格如出一辙，“我不会允许自己没有下一代的，即便我想丁克，我家人也不让……”

我对传统型男人天生好感，世界的繁华似锦与他无关

贤亮传统而守旧，大千世界的繁华似锦似乎与他无关。我们初次接触是在大学校园的一个活动上。从贤亮木讷的交谈中，我感觉到眼前这个人很奇怪。他还有一种理想主义，理想到对“完美”有着病态的追求，尤其是对爱情。

贤亮说，真正的爱情，是门大学问，包含着相濡以沫、患难与共，夫妻必须是知音，“还必须有凝结两人精华的孩子，这是延续着爱情的结晶，是传宗接代，是生命的无限期延伸。”

贤亮沉浸于自己的世界，描述理想主义爱情。我对他的触动来源于他对我的主动，他如此呆板却还懂得约我，“认识你很高兴！”贤亮说，“什么时候能约你去爬山吗？”

贤亮说话的语气很生硬，看惯了很多男人的油嘴滑舌，我对传统型男人天生好感，他们的责任感更强。

我和贤亮去爬山。2007年3月，我们沿着紫金山上的阶梯拾级而上。“我每周要打一场篮球，爬一次山。”贤亮说。我说：“要是下雨呢？”“天晴的时候，一律补上。”贤亮说。我好奇：“春夏秋冬都这样？”“一年四季一如既往。”贤亮说。

“有病。”我轻声嘀咕。“什么？”贤亮反问。我说：“有劲！”

说好听点，这是韧性和毅力。说难听点，这是偏激和执拗。我这样想，并且，对贤亮多看了几眼。他问我看他干啥？我说：“看你累不累。”“不累，”贤亮说，“我还怕你累呢！”

身边的同学说我审美出大问题了，“你怎么看上贤亮那样的木头啊！”我也感觉到自己哪里有问题，可是，找个木头做老公不是挺好的么！勤恳、顾家、踏踏实实。“规划得还真遥远。你这是在投资潜力股？”别人问我。我说服自己别动摇，反问别人：“难道你看到潜力股会绕道而过？”

有人说贤亮傻。但他能够用自己的学习成绩弥补自己所有的不足。他高考成绩拔尖，在大学，依旧是佼佼者。由此至少能说明，他比那些游手好闲的大学生完美。

贤亮是南京人。我从四川考到南京读书。贤亮是我上大学以来正式交往的第一个男朋友。我态度认真，抱着结婚并能白头偕老的浪漫主义幻想。贤亮也是，他毫不矫饰，向我吐露出自己殷实的家境。我把这些细节告诉远在四川的父母。“人家条件那么好，我们只是工人家庭……”家人还担心我和贤亮不合适，“门不当户不对……”

贤亮为自己的行为辩解，他的双臂有力地拥着我

我和贤亮恋爱，属于大学校园的黄昏恋。我们都要毕业了。

2007年9月，贤亮留校读研。我留在南京工作，工作是贤亮家人安排的。

贤亮有诸多与众不同，连拉手都要请示。“我能拉你的手吗？”

第一次拉手之前，贤亮真诚地询问我，凝视我的眼睛，贤亮一本正经。我没说话。后来也不知怎么回事，他拉住了我的手。他掌心湿漉漉的。

2008年1月，春节临近。南京的冬天阴冷。月初的某日，贤亮来到上海路我的宿舍，为我做饭，等我下班。

当晚，贤亮想留宿。我们曾相互承诺，“要想行夫妻之事必须要等到新婚之夜。”贤亮在我的宿舍留宿过，他是正人君子，睡到天明也没碰我。

“今晚我就睡这。”当贤亮说出想和我共睡一张床，我没有多虑。关上灯，简单地闲聊几句，我睡着了，和贤亮各睡一个被窝。

这一夜很不太平。出乎我的想象。贤亮钻进我的被窝，搂抱我。我从睡梦中反应过来，发现这是现实，我装睡。贤亮的手伸进我的睡衣，我迷迷糊糊地配合着他。作为男女朋友，我认为他所做的这些并不过分。

直到贤亮脱去我的睡衣，他张弛有度地亲吻我。我在黑暗中睁开双眼，细声说：“到此为止吧。”以我对贤亮的了解，他的动作应该戛然而止。“好！”贤亮回答我。我一边等他老老实实住手，一边又莫名其妙希望他别停。

贤亮的双手停下，我反而有些失落。他的双手再次焦灼地抚摸我，我满足而紧张。我和贤亮相互试探。我们头一回肌肤相亲，我害怕。我被撕心裂肺的疼痛侵袭，已是黎明时分。那一刻起，我的心全部掏给贤亮，百分之百。我恨他突如其来地占有我，但我的恨敌不过爱。贤亮温柔而粗暴，我爱恨交织。

中途，贤亮掀开被子去找安全套。我的身体被橘黄色的灯光照耀，身体一丝不挂地暴露着。空调呜呜地响，房间里很热。我浑身冒汗。经过短暂的搜寻，贤亮一无所获，他敏捷地跳上床，盖住被子，我被他的动作带来的冷飕飕的一阵风，吹得打起寒战。

“我记得买安全套的。”贤亮嘀咕，“是不是被你藏起来了。”“没，”尽管我的声音像蚊子在哼，可我说的是实话，“没翻你的包。”

我无法阻止贤亮火辣辣的冲动。他没有采取保护措施，占有我，深情地拥抱我。我的眼角淌出泪水，因为纯粹的疼痛，也因为我至高无上的付出。

贤亮擦拭我的脸颊。我的泪水一拨又一拨。贤亮吻我的双鬓，他说：“马上就要过年了，想到我们要分开，我怕看不到你。”“那又怎么样？”我低语。“我怕看不到你，所以才睡不着，来抱你，抱着抱着，我就忘记了自己究竟是在干什么……”贤亮为自己的行为辩解，他的双臂有力地拥着我，“就当今天是我们的新婚之夜吧……”“你违约了。”我微微转头，窗户发白，天亮了。冬天的早晨清冷，想到外面冰寒刺骨，我条件反射般地缩向被窝，小鸟依人地蜷缩着自己的身体，缩在贤亮怀里。

“天亮了，”贤亮亲吻我的额头和嘴唇，“我起来给你做早饭。”我抱紧贤亮，不想让他起床。

他怀疑我不能生育，我们的爱情有了鸿沟

贤亮不喜欢用安全套。很多次，我们缠缠绵绵。很多次，我提心吊胆。

我忐忑不安，要是怀孕怎么办。“怀孕了我们就结婚。”贤亮说他妈恨不得现在就能抱孙子，“你该不会不想嫁给我吧？”

如果真怀孕的话，那是未婚先孕。为此而急匆匆结婚，显得不伦不类。所以，我没有把贤亮的话当真，依然终日不安。每个月，例假照常的时刻，我心情闪亮。

如此往复。到2010年，我担惊受怕的频率持续降低。贤亮也像习

惯了似的，和我恣意地做爱。我们的潜意识里，好像彼此清楚，怎么弄都不会怀孕。我的心态发生变化，该不会是哪里出了问题？

2010年五一假日，贤亮带我去他家玩。一天傍晚，我们去万达广场闲逛。在人来人往的嘈杂声中，贤亮冷不防地冒出一句话，“你是不是不能生育？”

我假装没听懂他的话，“啊？你说啥？”“我不解，”贤亮说，“就是……两年以来，你始终安全……”

我明白贤亮的弦外之音。有些话一旦开口，覆水难收。贤亮吞吞吐吐地表述了自己的疑惑，我比他更疑惑。“要不然，去医院查查？”贤亮开门见山。我说：“不用查，我肯定没问题。”“我也不会有问题。”贤亮比我还自信。我不可能去医院做检查，再说，我俩还没有结婚。贤亮固执地说，“不去医院说明你心虚。”我们的爱情有了鸿沟，贤亮偏激起来，和他保守的性格如出一辙，“我不会允许自己没有下一代的，即便我想丁克，我家人也不让……”

故事的结尾已经注定。2010年9月我和贤亮分手。但故事还没有结束，10月初，我被一张化验单证明：怀孕了。我想把这恶作剧一样的消息传递给贤亮，他的步伐明显快于我，他先开口：“家人刚给我介绍了女朋友。”

编者心语：

感情由激烈如火到冷硬若冰，男女由如胶似漆到判袂东西，表面上看是因怀疑不能怀孕而起，实则感情渐变和男人性格木讷自私使然。人不妨追求个性，然爱情则未必。

13.老公的网络小三竟然是他

关键词：游戏

主题：撞击我眼帘的画面，是老公志勇下身穿着短裤，他像闪电一样关闭电脑视频。可我的动作比他还快，看见和他视频的是个光着上身的男人，是那个冰冰。

我和游戏里的老公见面了，他在云南路一家咖啡馆等我

我和老公志勇有相同的爱好，玩网络游戏。很多个夜晚，我们在各自的书房玩到疲倦，再齐聚卧室，其乐融融地交流游戏心得。

2009年10月，我迷上"结婚游戏"，在游戏里和网友"结婚"。那时候。志勇因为升职，工作比较忙碌，没多少时间上网。晚上，我只能一人待在书房，和网上的虚拟老公游戏、聊天。

有一天，夜里十二点，志勇还没回家。我打电话给他，他忙着应酬，要我少安毋躁。"那你什么时候回来？""你先睡，别等我！"

我对游戏里的老公发牢骚。他说："这么晚不回家的男人，肯定有问题。不是在夜总会，就是在洗浴中心。"我自信地说："不会的，人家是在工作哦。"

游戏里的老公开始恣意地挑逗我，他的语言露骨。我起先矜持，某个时刻，我的心里像被热浪冲刷，难以自持，我大胆地迎合着那些放纵的话语。

我们的聊天内容不断突破。聊到凌晨两点，游戏里的老公哄我去睡觉，明天还要上班。志勇依然未归。

一觉醒来，志勇在我身边呼呼大睡。我睡得很沉，志勇啥时回来了？我起床洗漱，中途去书房打开电脑，看看游戏里的老公在不在，向他问声早安。

游戏里的老公也在南京，他说他在中央门一带上班。我想说出我的上班地点，但他没问。我们相互约定，在游戏里怎么都行，不过，这一切仅限于网络的虚拟世界，别出现在对方的现实生活里。

现实却总事与愿违，2009年11月初，我和游戏里的老公情不自禁地见面了。他在云南路一家咖啡馆等我，我如期赴约。落座在他的对面，我如坐针毡，他是我老公的朋友。要不是他也看到了我，我定然夺门而逃。可我们的视线对视过早，彼此都猝不及防。

老公的朋友王峰，坐在我对面问我要喝什么咖啡。我说："随便，跟你一样吧。""我喝黑咖啡，你能受得了？"王峰表情平静。"受得了。"我轻声说。

空气里飘荡着苦咖啡的气味。我和王峰不约而同地笑。我不知道他为什么笑，就如我也搞不清自己为何而笑。

想一想，我和老公的朋友在网上互相呼喊"老婆""老公"，不知是尴尬还是惭愧，我面红耳赤。"怎么了？"王峰觉察出我的窘迫。"咖啡太苦。"我咽下一小口黑咖啡，真的很苦，"世界真小。"网络游戏给我当头一棒，把我惊醒。

"就当我们今天没见面。"我低着头。"收到！"王峰握着手机，好像是发短信，他诙谐地说，"老婆说没见过面，那就是没见过。凡是老婆说的话都是对的。"

气氛缓缓地松弛，我还是很紧张，"反正……你就当眼前的事……都没发生……"

看到老公和网友的聊天，我浑身上下抖个不停

现实中，我和王峰并没有做出格的事。也许，他有这样的想法。而我的理智制止了自己。

即便如此，我还是觉得愧疚。尤其是，志勇拥我之际，我会为他感到失落。我的精神曾经出过轨，我错了。志勇问我为什么走神，我强迫自己冷静，“没有走神嘛，我这是进入状态。”看我脸上绽放出自然而亲热的笑，志勇才把注意力移开。

我依旧迷恋网上结婚，但我变得警惕，和王峰不能走得太近。我和另外一位网友玩起结婚游戏。如果说，被网络世界的人称为老婆，是对现实婚姻的背叛，我已经背叛过志勇一次了，再多一次又何妨？唉，我控制不住自己。

2010年5月中旬。志勇去徐州出差。网上的老公也不在。无聊之余，我去志勇书房，开他的电脑。我们尊重彼此，不知道对方的电脑密码。

志勇的QQ设置自动登录。我刚点开他的QQ，一个头像发来抖动框，“老公不是出差去了吗？”

我被吓一跳，转身看看背后，后面没人。对方接着说：“昨晚对不起，有时我生气了说话会伤人，说完我就后悔了。”

我说：“没事。”对方说：“我也想哄哄你，但有时你冷冰冰的，我不知道怎么处理。”我说：“你才冷冰冰的。”对方说：“回温总要时间啊。”我说：“如果你在身边，我可以用我的体温温暖你啊。”对方说：“哎呀，你的体温太烫了，我可怕烫……”

我像被秋风吹动的树叶，全身上下抖个不停。翻开这个叫“冰冰”的网友和志勇的聊天记录，触目惊心的肉麻，放浪形骸的调情，我压抑，呼吸困难。我没敢看完。

想到志勇去徐州要两天才能回来，我灵机一动，想约冰冰见面。

我说：“晚上我回南京，温暖你。”对方说：“你不是去外地了吗，不急这一天，我不是心急火燎的人。”

我编花言巧语，对方被我说动，其实她也很想和“我”（志勇）见面。我说：“你来我家吧，我老婆这几天在镇江的娘家，她妈生病。你直接到三山街。我家地址你没忘吧？”“少来啦，你家地址从来就没跟我说过。这次你挺大方的嘛！”对方说。我略作沉思，舍不得孩子套不住狼，把家庭地址告诉她，“其实我快到南京了，在宁徐路上，到盱眙境内了。”我说，“你来的时候给我买两包方便面，我忽然很想吃方便面。我电脑快没电啦，你计算好时间先出门。”

我很担心冰冰会给志勇发短信，那样的话，我的计划必然穿帮。

我冲进老公的书房，他像闪电一样关闭视频

傍晚。六点半左右。有人敲门。

透过猫眼，一个30岁左右的男子在门口东张西望。

我把门推开，仔细而迅速地打量眼前的男子，戴着无框眼镜，皮肤细腻，比我还白，身高在1米7~1米8之间，穿着黑西装。男子长得毫无阳刚之气，还有点娘娘腔，他看看手中的纸条，装着似乎认错门的样子，盯着门牌号看。他的神情告诉我，没有走错！

我吃惊地看到，他手里提着一个苏果超市的方便袋，里面装着方便面。

他是“冰冰”？我不敢问。他看看我，再看看门牌号，抓耳挠腮，“这不是9幢吗？”我说：“这是8幢。”“哦，不好意思。”该男子匆匆掉头下楼。

他手中的方便袋来回晃悠，两个桶装方便面真真切切。

回到书房。志勇在QQ上跟我说话，他刚上网，“晚上要喝酒，我躲着不想去。我在宾馆吃方便面都不去跟他们喝酒。”我战栗，说不清那是种什么感觉，惊恐、焦躁、心慌意乱……

我担惊受怕地等着志勇出差归来。很快，他从徐州回家。我悄无声息地观察，察觉不出志勇有任何问题。他若无其事，和以前一模一样，大大咧咧地在饭桌上和我谈着单位趣事。

但是志勇在书房玩游戏时，总关着门。这……他以前也是如此。我玩游戏，也关着门。

在我看来，志勇正和我打心理战。我宁愿那个冰冰是个女人，倘若那个冰冰真是我见过的娘娘腔的男子，那说明志勇的性取向……

我度日如年。2010年9月。突然间，我对网络游戏无比厌恶，不想触碰电脑。不玩游戏，坐在书房，我浮想联翩，隔壁房间此时此刻上演着什么样的游戏呢？志勇的冰冰真是个男人吗？

9月底的一天，晚间10点，我以迅雷不及掩耳之势冲进志勇的书房——以前我们去对方的书房都要敲门的——我冲进老公的书房，手中端着一杯咖啡。

我故意让咖啡泼洒开，泼在手上。我的伪装只是想表明，我没有敲门，是因为被咖啡烫着了。老公，我是急匆匆给你送咖啡的！

撞击我眼帘的画面，是志勇下身穿着短裤，他像闪电一样关闭电脑视频。可我的动作比他还快，看见和他视频的是个光着上身的男人，是那个冰冰。

志勇把电脑桌面上的画面清理好。面对无法辩解的现实，他淡淡地说："你在网上不是也有老公吗？"

编者心语：

"网婚"的刺激与焰火的爆炸有天壤之别，虽然结果颇类。焰火在最后剩下空壳之前，以炫目的光华愉悦了众人，因此，其生命短暂而精彩；而网婚在使婚姻剩下空壳之前，却给自己与别人都带来了苦痛，可悲可叹可怜可恨。网络不大，世界逼仄，人心亦需有边际。

14.一句谎话引发的“婚姻血案”

关键词：谎言

主题：斌成变本加厉地催促文彦离婚，他经常醉醺醺回家，嘴里挂着一句话，“我永远不能容忍老婆和别的男人去开房！”此刻，任何辩解都是苍白的。斌成还把文彦和别的男人出去“开房”的事说出去，很多亲朋好友听到了他咬牙切齿的叙述。而事实，并非如此……

文彦把门打开，第一个扑在床上

文彦和一男一女两位好朋友在河西一家饭店吃饭，三个人有说有笑。

2010年5月的南京，风和日丽。正午的阳光透过窗玻璃，洒落在桌沿，落向文彦的手腕。懒洋洋的文彦看看手表，对面前的朋友说：“这样的气候，不冷不热，真想窝在家睡觉。”李刚说：“这样的天气应该出去玩，待在家里是浪费光阴。”静茵说：“这样的天，还是和好朋友聊聊天最好了！”

李刚、静茵、文彦，三人曾在上海读大学，皆是校学生会干部，毕业后都来到南京发展。三人有着纯粹的友谊，时常聚到一块闲侃。

文彦举杯，三只玻璃杯相碰，发出清脆的声音，悦耳极了。杯子里晃悠悠的红酒被阳光倾泻，红得透亮。“我想睡觉！”文彦揉着眼皮，“困死了。”

“喝酒了，不能开车。”李刚说，“吃完饭，靠着椅子睡会吧。”静茵提议，“我们开个房间打牌去。你想睡觉就睡，不睡一起打牌。”“这个主意不错。”文彦附和。李刚摇摇头，“打牌去茶室啦！去酒店，我老婆要是看到可糟了。”静茵说：“我们都不怕被老公说，你怕啥。你是不是心里有鬼，或者想到房间对我们动手动脚？”

“再给他个贼胆他也不敢，我们两个人治不了他呀！”文彦喝完杯子里的酒，催促李刚抓紧时间。

三人去酒店前台开房间。李刚掏出身份证，文彦掏出身份证。静茵掏来掏去，遗憾地说身份证忘带了。李刚拿着扑克牌，走在文彦和静茵后面，嘀咕着，“天气这么好，躲在酒店打牌，真是神经。”

文彦握着房卡，把门打开，第一个扑在床上，“你们打牌，我休息。”

李刚说：“两个人打啥牌，起来起来，不准睡。”静茵也不让文彦睡觉。文彦只能勉强坐起身，哈欠连天地摸着扑克牌。

文彦被风吹窗帘声惊醒，她和李刚躺在一张床上

记不清玩了多久，三个人都有倦意。李刚第一个歪在床头睡着。

黄昏。文彦被风吹窗帘的呼呼声惊醒，她不敢相信自己和李刚躺在同一张床上，他在那头，她在这头。还好，静茵睡在中间。

“起来，起来，打牌！”文彦大喊，“赶紧起来打牌！”李刚和静茵不约而同地睁眼，昏昏沉沉地盯着彼此。“打牌啦！”文彦又喊。“哦！”李刚和静茵刚要过来抓扑克牌，文彦的手机响起。

“嘘！”文彦伸出食指，左右摆动，要朋友们别出声，“我老公。”

“在哪呢？”房间里很安静，大家都能听到文彦老公略带沙哑的声音。“在外面打牌。”文彦说，“等会回去。”

“和谁在一起？”“两个好朋友。”“哪两个？”“……静茵，还有……军波……”

挂掉电话，文彦轻轻吐气，“我老公很多疑。”李刚说：“你明明和我在一起，为啥说什么军波？”“军波是我老公最信任的朋友，我说和他在一起，他就不会多想了。”文彦笑嘻嘻地说，“我老公对别的男人都不相信。你们也看到啦，我有姿色，老公有压力。”

“不玩了，回家。”李刚丢下手中的扑克牌。静茵说，“你赶快和军波说声，说不定你老公电话打给军波了。”

文彦正在翻军波的号码，拨过去，对方未接听。“回家回家！”文彦也无心再玩。三人陆续走出房间，出酒店。李刚开车回江宁，静茵搭文彦的车，要回中山门。

如果你正大光明，为何不敢跟我说实话

把静茵送回家，文彦回到卡子门家中，快7点了。

进家门，文彦一边换鞋一边咳嗽，“我回来了，玩累死了。”她老公斌成从卧室走出来，叼着一根烟，“下午我听朋友说，你在××酒店，好像是开房。怎么？你怎么不敢正视我，害怕了？”

文彦还在低头脱鞋，她抬起头，斌成虎视眈眈。“你胡说八道啥，你把我当什么人了，我在酒店打牌，进房间难道就是所谓的开房吗？”

斌成哈哈大笑，“狡辩，继续狡辩！你说在酒店打牌，我一点也不怀疑。但是你说和军波在一起，明显撒谎。军波说没和你打牌。”

几股汗水顺着文彦的脊背淌下。几丝凉意顺着脊梁一路而上，直抵发根。文彦猛然想起，忘记继续给军波打电话了。“这……”文彦不知该说什么，“我……”

“你什么，有种你就说出来，下午究竟和谁在一起。”斌成咄咄逼人，“如果你下午正大光明在外面玩，为何不敢跟我说实话？还大言不惭骗我，跟你说吧，我下午在军波家打牌。你还好意思说，你和军波在打牌！”

文彦换好鞋，一步未动，不知该往哪边迈步。各自沉默几分钟。文彦挪动脚步，有气无力地坐下，茫然无措。“要想人不知，除非己莫为。”斌成急吼吼。

“跟你说实话，我说和军波在一起，是想你相信我。”文彦轻声嗫嚅，“但我确实和静茵在一起，还有个朋友，叫李刚，你知道的。”

斌成更加不依不饶，“你和李刚静茵玩牌，为什么编瞎话骗我呢？”“我不想多加解释，当时是灵机一动，是善意的谎言。”文彦差不多要哭出声，她被斌成的架势吓住了，“我发誓，要是说谎，天打雷劈！”

“别，别！”斌成皮笑肉不笑。文彦说：“我说的是真话，确实只是打打牌。”“我没说你一下午都在干什么啊！我只是想知道你到底和谁在一起而已。”斌成设法想知道文彦究竟和哪些人开房打牌去了。

婚姻是女人的伟龙社稷，我是传统的女人不离婚

斌成再次咆哮，是因为开房记录只有李刚和文彦的名字。

“不是还有静茵吗？”斌成苦笑，“静茵躲床底了？”“不是的，不是这样，”文彦非常急切，“静茵当时没带身份证，不信我们去问她。”

斌成说：“静茵没带身份证，回家拿证。你和李刚去开房打牌，对不对？”“不对，我对天发誓……”文彦刚要发誓，被斌成打断，“别动不动就发誓，发誓值几个钱？”

“离婚！”斌成恨恨地说，“你接连撒两个谎，幸亏我多长个心眼。我要是睁只眼闭只眼，还真被你忽悠过去了啊。”

任凭文彦怎么解释，斌成只回报以冷笑。两人的婚姻陷入冷战，斌成每天都念叨：“离婚！”文彦不愿离婚，她向静茵和李刚倾诉，“婚姻是女人的伟龙社稷，我是传统的女人，不会说离就离。况且我是清白的，我真要答应离婚，那不是默认自己有问题吗？”

2010年9月初，文彦约李刚和静茵到河西，5月聚会并开房打牌所在的酒店。文彦还约来斌成。她想让众人面对面，把话说清楚。这种情形的“面对面”已经进行三次，每次，大伙声嘶力竭地解释，解释得越带劲，斌成越狐疑。斌成说：“找几个人来证明还不简单，你们一个个跟影帝影后似的，演得惟妙惟肖！想骗我哪有那么容易？”

李刚劝文彦，“干脆就别解释了，清者自清，时间长了，他会明白的。他现在闹来闹去，只是男人的自尊心作祟。”文彦想，要不然，坚持吧，忍耐吧，总会有那么一天，斌成会看清我，看清我的洁白无瑕，我的无辜。

事情远没这么简单。斌成变本加厉地催促文彦离婚，他经常醉醺醺回家，嘴里挂着一句话，“我永远不能容忍老婆和别的男人去开房！”此刻，任何辩白都是苍白的。

事态越来越严重了，斌成还把文彦和别的男人出去“开房”的事说出去，很多亲朋好友听到了他咬牙切齿的叙述：“文彦和另外一个女朋友，五一期间结伴和一个男人去开房……”

编者心语：

生活是一个顽童，嗜好与人玩闹。然婚姻双方不是顽童，不能勾人玩欲。否则，玩人自玩，亵人自亵，顽童可不负责任。

15.其实只是一夜情，而且她不要我负责

关键词：欲望

主题：“虽然我谈过恋爱，但我的第一次给了你。自始至终，我把什么都给了你。你对得起我吗？”我很委屈，头一回为自己感到不值，“我有孕在身，你就受不了？你控制不住自己的欲望吗？人家女学生才20岁，你都可以做她爸了，你还去勾引，你还是人吗你！”

他用真诚的眼神注视我，我对他的依赖持续加深

我24岁的时候，亲眼目睹过刚坤的愁容满面，他经常对同事抱怨自己的婚姻不幸。

刚坤和我同在一个部门，他比我大13岁。作为刚进单位的新人，我头一次见到的就是刚坤的惆怅。为了和同事搞好关系，我还善意地对刚坤说，“跟我说说您的事吧，我很会开导的。”刚坤用真诚的眼神注视我，他缓缓地说，“小妹妹，你哪懂家庭恩怨呐！”

刚坤不愿意向我讲述自己的事，不过，我的主动让他对我充满好感。工作上，他三番五次帮我。我们越来越熟。

2004年夏天，刚坤告诉我，他离婚了。我如释重负，异常兴奋。

“你激动啥？”刚坤不解地问我。我说：“为你激动啊，终于解脱了！”

我想的是，从此，刚坤和我出去玩，再也不用鬼鬼祟祟。刚坤还

有婚姻在身的那些时日，曾和我单独逛过夫子庙。他还陪我去买衣服。

当我发现自己对刚坤的依赖持续加深，忽然间，我为自己的情感转移而心惊胆战。我的男朋友大学毕业没有我幸运，我考进了稳定的事业单位，他在一家保险公司卖保险。我家人始终不支持我和男友的交往。而现在呢，我对男友的执拗劲突然消失，取代他的是刚坤，刚坤像大叔一样的细致入微，给我踏实。

我和男朋友分手。男友时常来到我单位附近徘徊，等我回心转意。我回想过去，为自己的移情别恋而愧疚，我不是残酷的人啊——而爱情，会让人丧失理智。

我在刚坤的怀中哭泣。刚坤抚摸我的头发，慢悠悠地说：“我离婚的那会，每天都掉泪。这种事，换作谁都难过。”

我的家人，刚为我和前男友分道扬镳而赞许，又陷入了新的恼怒，他们坚决不答应我和刚坤交往。妈妈说：“他大你有一轮，还离过婚。你图什么？”爸爸说：“孩子，你不缺少父爱，为啥不能找个同龄人？”

“找同龄人你们嫌弃人家没钱。”我对父母的回击掷地有声，“找个老男人，坐享其成，不用奋斗。”

任凭父母如何反对，我依旧我行我素。当然，我并没有图刚坤什么，爱上大叔，不要理由。

他侧身走进厨房的一瞬，眼神里飘出的慌乱被我捕获

坚持七年。2010年2月，我和刚坤成婚。结婚当天，回想这恋爱七年的点点滴滴，数不尽的酸甜苦辣让我和刚坤在夫妻对拜的瞬息泪流满面。我被自己的固执打动，找到真爱的幸福无与伦比。刚坤说：“我们要白头偕老，永远恩爱。”

我的家人最终只是勉强赞成我结婚，他们不看好我的未来。父母同意我结婚的缘由只有一个：再不嫁就是剩女了。

结婚了，我把自己彻底交给刚坤。缠缠绵绵，每天都是新鲜。刚坤宠爱我，像我宠爱家里的狗狗。他不喜欢养宠物，而我喜欢，于是他欣然应允。

刚坤喜欢抽烟，我讨厌香烟的味道，他克制烟瘾，毅然戒烟。看着他戒烟之初那难耐的对香烟渴望的痛苦，我于心不忍。“没事，熬一段时间就好。你能坚持七年，坚持到嫁给我的那一天，我坚持不抽烟又算得了什么？何况我们还要生孩子。”刚坤用零星的细节表达着他的爱，他爱我爱到一丝不苟，他说，“经历过失败的婚姻，是老天怜悯我，才让我得到你。”

有时候，我也寻思，坚持这么久，为的是嫁给一老男人，值得吗？刚坤用行动粉碎我的疑惑，他不让我做家务，“你是我的小公主，永远不用干活。”刚坤给我洗脚，他抚摩我的小脚，用柔情的眼神欣赏着，像欣赏艺术品。

婚后的前几个月，刚坤把恋爱期间对我的爱意升华，把我宠到极致。我甚至怀疑这种生活的真实性，“你让我找寻到自己的价值，我是真心真意对你。”刚坤说他对我的爱发自肺腑。

正因为如此，刚坤对待我若有半点不对劲，我便能一目了然。这是女人的第六感。2010年8月底的一个周六，刚坤夜不归宿。他解释说去南通找老同学办事去了，“突发事件，来不及详细报告。”

刚坤淡定自若，“我一晚没回来，是不是不习惯啊？”“你之前说晚上能回来的，我等你到半夜，你竟然还关机了。”我担惊受怕到天亮，“你让怀胎六月的孕妇在家睡不着觉，是不是太不应该了。”“后来手机没电了，我想回来的，可……我喝多了，你放心我酒后驾车吗？”刚坤蹲下身，耳朵贴着我的肚子，他解释，“我做梦梦到自己回家了，我还真以为回家了呢！请老婆原谅我，我发誓下不为例！要不然，我把酒也给戒掉！”

已经为我戒了烟，我不忍让刚坤再把喝酒的爱好给戒了，“不用。”刚坤问我想吃什么。“昨晚在饭店吃的，今早只喝了牛奶吃了面包。”我靠着沙发，情绪逐渐平静。刚坤卷起衣袖，开冰箱，进厨房。他侧身走进厨房的一瞬，回头瞥我，只是短暂的刹那，他的眼神里飘出的不自在被我偶然捕获。

我刚刚平复的心忽然跳动，对刚坤昨夜的行踪抱有怀疑。我了解刚坤的性格，盘问他纯属徒劳。同时，我也为自己突如其来的多疑而紧张，这是产前忧郁症么？

周一上班，我找同学帮忙，查出刚坤周六之夜根本没在南通。他在江宁一家酒店有开房记录。和他共开一间房的是位20岁的女性，身份证地址在江宁大学城。

他不是理直气壮地说，自己去南通办事了吗？我头晕目眩，在电话中问同学：“没错？”“没错！”同学放低声音，我呼吸困难。

看着刚坤追悔莫及的神情，我头一回为自己感到不值

回家路上，刚坤一边开车一边津津有味地给我讲述晚上的菜谱。一路上，我半闭着眼，构思如何和他摊牌。刚进家门，我给刚坤当头一棒：“周六夜里，去哪开房了？”

面对我的质问，刚坤露出未曾有过的怒容，“你大白天造谣，就不怕吓到肚子里的孩子啊！”“你还是自己招，别逼我。”我斩钉截铁，刚坤依然无动于衷，他觉得我这是在诈他，他说：“老婆你欺人太甚，要不，你拿证据？”

我拿出证据，同学早已为我办好。刚坤顿时傻眼，“这……同名同姓吧，我这名字比较大众化，你也知道……”刚才他的那股颐指气使劲儿没了，像泄气的气球，奄奄一息。“同名同姓，总不至于同一个身份证号码。”我想笑想哭，五味杂陈，我多希望刚坤能给我一个

有力的辩解。他垂头、下跪，沮丧极了。

家里死气沉沉，要是往常，定然是另外一幅画面：我坐沙发上看电视，刚坤在厨房唱着歌炒着菜，室内被歌声和饭菜的香味弥漫，温馨而醉人。而今，毫无征兆的哀怨沉痛地侵袭我。感情积累需要日月光华，摧毁只要稍微走神、轻微触碰对方的底线。看着刚坤追悔莫及的神情，我心酸，“你道貌岸然。”“老婆，我们经历千辛万苦才成家，很不容易，请你原谅我。”刚坤情真意切。

“那女生是什么人？”我问。刚坤说：“江宁大学城的，我的一个网友。”

“你们是什么关系？”“没有关系，如果你非要我给她一个关系，其实……只是一夜情……”

“虽然我谈过恋爱，但我的第一次给了你。自始至终，我把什么都给了你。你对得起我吗？”我很委屈，头一回为自己感到不值，“我有孕在身，你就受不了？你控制不住自己的欲望吗？人家女学生才20岁，你都可以做她爸了，你还去勾引，你还是人吗你！”

“我没有勾引。她说了，不要我负责。”刚坤用老实巴交的口气说出几乎让我昏厥的话，他说，“一夜情是不要负责的。”

编者心语：

小三成为笑谈之时，婚姻便是一个玩笑；一夜情变为中性之时，爱情便是一种奢侈了。若小三和一夜情被人羡慕之时，爱情和婚姻不是咒语是什么？有些时髦，莫赶。

16.我的恋人是已婚女老师

关键词：暗恋

主题："以后不能和你出来看电影了。"王老师干练地说，"很多事，差不多就适可而止。跟你实话实说，我也曾暗恋过自己的老师，深深体会过那种欲罢不能的感受。所以，我理解你。对你，我突破了底线。有些话我不说你也懂，你懂不懂？"

我只能悄悄拍她的背影，这些背影照让我遐想联翩

她是我的老师，是我们班男生的主要议论对象之一，"只有王老师的课能吸引我"、"王老师的老公是啥样呢"……

王老师比我大7岁，她的外表像大学生。在教室讲课，她的睿智、她亲切的笑容使我兴奋。王老师总是披着长发，她说话的间隙时常摇头，乌黑的头发轻缓地飘向后背。随后，一阵阵清香从她修长后背飘散开、弥漫，我浑身充满力量。

2009年12月，将要期末考试的那段时间，没日没夜每分每秒我都想看到王老师。考完试就是寒假，我无法想象假日无法见到王老师的情景。

好不容易从别人那里打听到王老师的QQ号，我加她，但是没有聊过，她一直隐身。给她留言，也只敢留些学习方面的事，而等待回复是种煎熬。

有一次，走在校园，王老师迎面而来。我紧张，一动不动，“王……老师好！”她靠近我，我支支吾吾。“你好！”王老师富有亲和力的脸庞绽放出让我心潮澎湃的微笑，她说，“愣在这干啥，等女朋友啊？”

我点点头，再摇摇头。等我清醒过来，王老师已经变成冬天的寒风，夹杂着令我孤独的气息，飘得无影无踪。

我坐在路边的凳子上，慢慢回味刚才的每一个细节，发呆、凝神、激动、失落，我心情复杂。她的双眼、她的嘴，她的笑、她的远去的背影……我的情绪完全由她而定。

每次远远地看到王老师，我都能听到自己的心跳声，我感觉我喜欢她已到疯狂的地步。在教室窗口看到她上楼，我会算好时间，等到差不多的刹那，我迅速飞奔下楼来和她“偶遇”，只为和她说句话。

为了吸引王老师的注意力，我还在仙林、她家楼下徘徊过。为了能每时每刻看到她，我偷偷拍照，可我只能悄悄拍她的背影。这些背影照足以让我欣赏半天，遐想联翩。

我跟踪过王老师，拿着手机抓拍她的一举一动

2010年2月，我颤抖着给王老师发一封邮件，大意是说想和老师在师生情谊之外，还能成为朋友，好朋友。

寒假，回无锡过年。每天我心不在焉，苦等王老师能给我回信。我的QQ24小时挂着，只为能等到王老师QQ头像闪亮上线。就这样，天天如此，日日彷徨，我对开学返校的渴望空前强烈。

春节，我终于有理由给王老师发短信送祝福。她回复得简简单单：新春愉快！这四个字所构成的简单回复给我的温暖几乎让我热泪盈眶。王老师回复我短信的时候，她的脑海中定然勾画出了我的模样，她想到了我。只要她的心中能有我，哪怕只存在一秒钟，我也是幸福的。

收到王老师的短信，我含蓄地回复她：给您发了邮件。王老师说：看到了，谢谢。

我胆量变大，继续给王老师写信。我表述自己对老师的倾慕。也就是这一次，王老师回我邮件了：“呵呵，来信看到，可以和你交朋友，不过，别想多哦。”

等我开学回到南京，数了数已发邮件，我已给王老师写了100多封信。王老师最终给我的回信，其实也在我意料之中。她说：“谢谢你哦，你们这些小孩子就喜欢胡闹。”

她说“你们”，难道还有别的男生和我一样对王老师抱有幻想？我心生妒意，同时也有了压力。王老师的信我还没看完，她接着说：“哈哈！我结婚三年啦！”

后来，我得知王老师的老公刚去外地读博士不久，怪不得我时常发现她形单影只呢！我跟踪过王老师。

2010年4月的一个周末，我跟着王老师从仙林到新街口。在莱迪广场，她和另外两个女子碰面，再同时走进中央商场。我尾随其后，拿着手机，抓拍王老师的一举一动。偶尔她还回眸一笑，虽然不是为我，可我无比兴奋。而她的笑，却无视我，我陡然又倍感落寞。

当晚，王老师孤身回到仙林。她走在我的前面，忽近忽远。我真想冲上去和王老师说话啊！——没想到王老师站住了，她轻轻地转身，好像是等人，貌似在等我。

“是不是找我有事？”王老师在等的人显然是我，她是否觉察出我跟随已久？我慌慌张张地说：“也没什么大事……就是……是……想和王老师说说话……”

我们并肩往前走。第一次如此近距离地走在王老师身旁，我的心咚咚地跳。“你比我小七岁，是吧？”王老师问我。“是，是的。”我低下头，看到王老师的黑靴子，上面镶着的白色棉球随着她的步伐，正有节奏地荡漾。“想姐弟恋啊？”王老师看我，我被她的话吓一跳。王老师像懂得包容的姐姐，她说：“我结婚几年了，你们这些小孩，别闹啦。”

我说：“能……交朋友吗？”王老师说：“师生之间，本来就像朋友。”

“我不是那意思，我想我们除了做师生，再做点别的啥……”我迫切想倾诉出自己对王老师的深情爱慕，我说，“能不能有点突破！”

王老师笑起来，她的笑脸初次让我看到了莫名其妙的久违的气息，仿佛她早该这样对我，“你胆子够大！”王老师的语气没有丝毫责备之意，“谢谢你！能被人喜欢我很高兴。但是，我们做事不能稀里糊涂，对吧？”

夜幕四起，天色渐暗。时间紧迫，我必须马不停蹄，我说：“历史至今，姐弟恋的例子数不胜数。也许你和我在一起，会很幸福。”“可我结婚了，你不觉得你在胡搅蛮缠吗？”王老师只是在说理。我说：“结婚了又怎么样？不代表你幸福啊！”王老师愣住，她的嘴唇翘起，再恢复原状，只字未吐。

她对我偶尔会有情绪，这说明我们正走向亲密

现实就像梦境，我不敢相信自己能握到王老师的手。

那天，我跟踪王老师，并得以向她当面表白；那天晚上，我还有幸和王老师共进晚餐。“我没有恶意，请信任我……信任我心甘情愿地付出，我不是小孩，我有自己成人的思维。”我希望王老师能善待我。王老师说：“跟了我一天，又累又饿吧？请你吃饭？”

“不……哦……好，”我语无伦次，“谢谢！”

吃完饭，9点多。送王老师回家的路上，我们彼此沉默，此时无声胜有声，这是我们关系升华的象征。

“以后能约你……看电影吗？”王老师快到家门口，我赶忙开

口。“再说。”王老师始终笑呵呵，“有时间的话，可以。”

“我能握握你的手吗？”我感觉出自己的得寸进尺，但我情难自控啊。“过分了哦！”王老师淡淡地笑。我做出握手的动作，抓过她的手，像做梦，她的手指细腻修长。我们握手，像初次见面的礼仪，又像就此道别。这种甜美的滋味我幻想过无数回。眼下，我用自己豁出去的勇气，轻而易举就实现了……

宿舍里的男生聊女生的时候，总是绕不开王老师。每当他们谈到王老师，我一言不发，内心激动。他们在谈论我的天使，我给天使发短信，问她睡了没有，在干什么？

我分析，王老师对我的印象应该比较好。否则，她不会放纵我的肆无忌惮。再者，她是我的老师，对我有着自然而然的信赖。还有我突如其来的胆量，连我自己都震惊。

我对王老师的感情像洪水泛滥，涌上心头，我快崩溃。我问过她：“你老公是不是不要你了？你天天独来独往。”“他在上学，还要兼职，忙！”王老师说，“我们是多年同学，感情深厚。”

王老师很少拒绝我的邀请，我约她爬过紫金山，和她去玄武湖划船。我们的交往静悄悄，我们相互懂得交往规则。毕竟，关系特殊。

2010年9月中旬，我和王老师在河西万达看《盗梦空间》。电影散场，王老师恍恍惚惚。我拉她的手。挤出电影院的瞬间，她挣开我，“这是现实，不是梦境。”

我没说话。王老师不再和往昔一样礼貌待人，如今，她对我偶尔会有情绪，这说明我们正走向亲密。“以后不能和你出来看电影了。”王老师干练地说，“很多事，差不多就适可而止。”

“为什么？”“我老公要回南京了。”

我无话可说。王老师说：“跟你实话实说，我也曾暗恋过自己的老师，深深体会过那种欲罢不能的感受。所以，我理解你。对你，我突破了底线。有些话我不说你也懂，你懂不懂？”

哦，一切只是她对自己学生时代的爱情年华的缅怀。她同情我疯狂的暗恋，也是同情自己昨日暗恋男老师的无疾而终。我提出“吻一下你”的请求，王老师竟然答应了，她嘱咐我，“你得到很多，要心怀美好……”

编者心语：

男生心生爱恋，女老师满足男生愿望，不使之受伤，但一吻之后呢？感情岂可一遏即止？汹涌的潮水啊，年轻的心如何禁得住？生活中的好心办坏事，此为明证。表面看，女老师心怀美好又谆谆告诫，究其实又如何能排除丈夫久不在身畔的寂寞之嫌？毕竟，被人爱恋甚至追求不算是一件坏事。暗恋，正常而美好，被人严词拒绝固然受伤，但被人好心怂恿或许伤口更深……

17.婚姻尽头，看见罗生门

关键词：迷局

主题：我和张洁2008年结婚，她给我制定了家法：小事错了算我的，大事错了还是算我的。刚结婚时，张洁每天睡觉前都要宣读一遍她的家法，接着细数我一天的“罪状”，然后笑嘻嘻和我打打闹闹。不知从什么时候起，我们渐渐淡忘这些家法……我们的生活变得毫无生机。

她身体微微抖动，我将她扶进电梯才掉头出来

房贷、车贷让我头昏脑涨，老婆张洁还天天唧唧歪歪。我的火气不打一处来，经常夜不归宿。

我和张洁大学恋爱到结婚，属于根正苗红修成正果型的。大学同学都羡慕我们，尤其是和我睡过上下铺的王飞。

我向王飞倾诉婚姻是爱情坟墓，王飞劝我要珍惜张洁，“婚姻是一种生活，需要经营。”我说：“你没结过婚，根本不懂我的苦衷。”

2009年9月的一个晚上，王飞喊我去山西路吃饭。八点半我才赶到，几个人正围着桌子生猛海吃。三男一女。

王飞看我愁眉苦脸地进包间，口齿不清地说：“才来啊，坐吧，像狗一样吃吧！”他边上的女子捂着嘴笑出声。我没好意思发作，做

绅士状向女生笑笑。王飞始给我介绍这女子，说是他同学的同学叫赵芳。我仔细看看她，好像喝了酒，面若桃花。

九点刚过，王飞的电话响了，他胡乱吃几口，丢句话："兄弟要去新街口赶个场子，待会我要是没回来，帮我把她送回去！"扬长而去。

王飞离开。我变得活跃起来，和赵芳嘻嘻哈哈地聊天。赵芳要我陪她喝点酒，我说我要开车滴酒不沾。"能控制住自己的男人是好男人！"赵芳夸我。

赵芳住安德门，把她送到小区门口，她在我车上迷迷糊糊睡着了。我把车停下，想让她多睡一会再喊她。很快，赵芳被手机响声吵醒。我为她打开车门，扶她出来，她身体微微抖动，我将她扶进电梯才掉头出来。

回到卡子门，迈进家门。张洁坐沙发上嗑瓜子看电视，神情专注，似乎根本没看见我。电视上的台词刺耳，"你外面有人了？""人总是要进步的嘛……"

我洗完澡出来，张洁依旧精神抖擞，恨不得钻进电视机里。她不理我，我也懒得理她。一个人进卧室，睡觉。

张洁狠狠瞪我一眼，做出要拿酒泼我脸的动作

2009年12月，王飞结婚。新娘是赵芳。

我和张洁都是王飞的同学，我俩结伴参加他的婚礼。王飞俨然是个成功男人，婚礼的车队清一色名车。大学几年没看出来他有什么过人之处，天天跟在我后面玩。毕业之后，弄了个公司，摇身一变成了有钱人。

婚宴在新街口一个五星级酒店进行，几十桌人。王飞开玩笑说，"来参加我婚礼的，除了你以外，全是有钱人名人。"我附和着笑笑，张洁在旁边心不在焉。

一帮大学同学坐满一个大圆桌。王飞和赵芳过来敬酒。我精神焕发，大声问赵芳："你愿意接受王飞做你的丈夫吗？"赵芳点头。我模仿着一本小说里的话，接着问："你愿意，嗯，不管刮风下雨，霹雳闪电，冬暖夏凉，都爱护他、体谅他——跟他那个吗？"满桌同学哄笑，张洁狠狠瞪我一眼，做出要拿酒泼我脸的动作。

同学们的注意力迅速集中到我身上。我很尴尬。王飞和赵芳继续去前方敬酒。我抵抵张洁："大家都是同学，乐和乐和怎么啦！"张洁没理我，转头和其他同学说话。

我把酒杯狠狠摔桌子上，同学们的目光刷地射向我。我说："你们给我评评理，张洁这是怎么回事？今天大家都在，张洁你也可以把话说清楚，我哪里招你惹你了！在家和我冷着脸，出门还不拿我当回事。给你个翅膀你还真能飞天上去了！"

各位同学各尽所能地劝我们。一直劝到我们离开酒店。

晚上回到家。我疲惫不堪地倒在沙发上，要张洁给我倒杯水。她径直走进卧室，置若罔闻。以前的生活哪是这样啊！一团火在我胸中燃烧，我腾地跳起来，"给我倒杯水，你没听见是不是？你变得庸俗透顶，不懂事，不懂照顾男人的尊严。"

张洁轻缓地说："你挣不到钱，我没说啥。但我接受不了你，深更半夜在安德门那抱着女人进小区。"原来是这样，我明白了，"那不是抱，是搀扶！""承认就好！"张洁说，"是王飞的女人赵芳吧？"

"你怎么知道？"我惊异。张洁说："要想人不知，除非己莫为！你对得起王飞吗？"

我推测，难道张洁跟踪我？可是，即便她跟踪我，也不至于忙得那么快比我先到家？

"我和赵芳啥关系没有，"我觉得自己正当的辩解突然变得无比苍白，“你别无中生有胡说八道！”

她在黑暗中低声哭泣，我问她很多遍为什么哭

我在客厅给卧室里的张洁发短信：“记不清过去我们恋爱的片段了，我曾经和谁在仙林散步走遍几个大学校园都不累？我好像也忘记了2006年冬天你给我织围巾……”

凌晨两点，我溜进卧室。张洁陡然翻身坐起，吓我一跳。她在黑暗中低声哭泣。我伸手拧开床头灯，轻轻地拍她肩膀：“哭什么？”张洁靠在床头哭得稀里哗啦。我问她很多遍为什么哭，她只字不说。

我鼻子酸酸的，也有点想哭，紧紧搂着张洁。记忆在泪光中瞬间凝聚，我看见几年前，在大学的图书馆门口，我给她占好座位再出来接她。

我和张洁2008年结婚，她给我制定了家法：小事错了算我的，大事错了还是算我的。刚结婚时，张洁每天睡觉前都要宣读一遍她的家法，接着细数我一天的“罪状”，然后笑嘻嘻和我打打闹闹。

不知从什么时候起，我们渐渐淡忘这些家法……我们的生活变得毫无生机，再也没有了那些思念、开心和拍手大笑……

2010年3月，张洁提出离婚。我无言以对。张洁说：“我们的婚姻真的走到了尽头。”

我听取王飞的意见，努力去修复和张洁的感情。我诱惑她去回忆往事，带她去仙林，到大学城散步，她走几步就要上车，“我走不动了，你还是开车带我吧。”

“你在抗拒过去，你在回避现实！”我想告诉张洁，自始至终，我没有变心，要变的话也是你在先，你逼得我不想回家，家里一年四季冷冰冰。

离婚两个月纪念日，她突发闲情逸致请我吃饭

我没有哀求张洁。离就离。

2010年8月2日，离婚两个月纪念日，张洁请我吃饭，还要介绍朋友给我认识。

我试探着问：“是…你男朋友？”真不知张洁哪来的闲情逸致，她说，“我们曾经互相许诺过，即便有了各自的生活，也是好朋友。我想请你把把关。”

“哦，”我的失落溢于言表，“这么快！”

吃饭地点是河西一个西餐厅，气氛温馨还很有情调。张洁指指靠窗的一个桌子，“那戴眼镜的男人，侯总。”侯总？一副跟谁都不远不近的样子。我皱着眉头对张洁说：“怎么选这种破地方请我吃饭？一点品位都没有。”

我坐在侯总对面，问他：“有名片吗？发一张。”“不好意思，没带。”侯总谦和地笑。

侯总近40岁的面容，身材和我差不多，还有点虚胖。

我底气十足地端起水杯，站起身：“侯总，初次见面，以茶代酒，敬你一杯！”侯总慢吞吞地站起身和我碰杯，我故意将身子向前伸，水杯一斜，刚好把水洒在他衬衫上。

“不好意思，不好意思！”我这边解释，那边揪住侯总的衣领，朝他脸上打一拳。他被我打倒在地，我冲上去再踢几脚。

张洁缺乏应变能力，遇到突然事件她就发呆，不喊叫、不逃跑也不制止，我扑打这个侯总，她坐在桌沿，干张着嘴说不出话来。打完后，我满怀胜利的喜悦。

张洁这才醒过神来，一巴掌打开我的手，过去扶起这个侯总，拿餐巾纸给他擦脸，一边擦一边淌眼泪。我在旁边看着醋火攻心，大叫道：“你到底是谁老婆？！”张洁冷酷地盯着我，她长发飘逸，怒目圆睁，“请你搞清楚，我们离婚了！”

观看我们的人“哦”一声，似乎明白了眼前的场景。

“从现在开始我们谁也不认识谁，你滚，你给我滚！”张洁大声喊服务员，“把这人赶走，再不走报警！”我还是很得意，一步三晃地迈出西餐厅。

晚上，王飞给我打电话，他问我：“你今天和谁打架了？”“张洁的新好。”我正准备给王飞讲述当时的画面。王飞说：“打得好！去年在山西路吃饭那次，我去新街口赶场子还记得吧？我撞见张洁上了一辆奥迪往中山南路去。估计是那家伙！”

我想，怪不得那晚张洁说中了我搀扶赵芳！肯定是撞一块了。我问王飞：“那你怎么不早说，你又怎么知道我打那混蛋了？”

“张洁的叮嘱啊，很多事我也为难。”王飞说，“刚才她打电话给我，给我说了这事。还说你抱过赵芳……我终于豁然开朗，估计那女人气急败坏想报复你，污蔑你，想破坏我们友谊……”

编者心语：

当婚姻成为迷局之时，幸福便找寻不见；当人为地为婚姻设置迷局之时，誓言便成嘲讽。忠贞不是口头禅，亦非迢遥的风景，忠贞就在男女双方眉宇之间，内心深处。

18.半推半就之间，是爱情吗？

关键词：味道

主题：这两年，我跟你在一起，似乎是因为爱情，而事实上……我对你的依赖完全是一种亲情。和你在一起，我感受不到恋爱的味道；和你在一起，我无忧无虑；和你在一起，生活波澜不惊平淡无奇；和你在一起，只是我消磨寂寞时光的一种选择……

我俩都喜欢音乐，他约我到录音棚听他唱歌

振宇是我的QQ好友。2008年6月的一天，他约我到一家录音棚，听他唱歌。

我和振宇能成为朋友，缘于我俩都喜欢音乐。他以唱歌的名义约我见面，名正言顺。去见振宇之前，我稍作打扮，潜意识里，我感觉和他会有故事发生。

振宇唱《等一分钟》，嗓音极像徐誉滕，他唱得很认真。唱完歌，当晚，振宇送我一个光盘，“上面都是我翻唱的歌曲，都是在朋友的绝世瑶音录音棚特意录下来的，只给你听。”我收下光盘，有意无意地说，“都是翻唱的啊，怎么没有你自己写的？”

“我只会唱，不会写。”振宇好像早有预感我会这样问，他说，“要不然你去写，我来唱。”我笑笑，“我哪有那个本事，我只会听。”

回到宿舍，我关起门，躺床上听振宇翻唱的十首歌。中间有振宇的一段告白："和你聊了很久，还不知道你长什么样。包括我正在说这些话，也是在我们见面之前。我能想象出你的模样、性格。有点小巧，不怎么爱笑。夏天穿白裙子，冬天穿白羽绒服。是不是？当你已经听到我说的这些话，你也看到了我。不知我的模样是否也符合你的想象……不管怎么说，希望你能接受我对你的一番情意。我很在乎你，所以才对你用心……"振宇的别出心裁丝毫没有打动我。听着听着，我睡着了。

振宇的手臂有力而温柔，紧靠他的怀抱非常舒服

等不到我的回应，振宇含蓄地问我"是不是有男朋友了？"我笑而不答。振宇并不气馁，每日跑到新街口接我下班。我住中央门，振宇住江宁。把我送到住处，他再回江宁。如此往返，他不知疲倦。

逐渐习惯振宇周旋在身边，我搞不懂这是不是爱情。2008年8月底，振宇在公交车上悄悄揽住我的腰，"不想让你被挤着！"他贴着我耳根低声说，"希望你别介意！"

振宇的手臂有力而温柔，紧靠他的怀抱非常舒服。公交车开到中央门，振宇索性拉住我的手，"到啦，我们下车。"我被他牵着，温顺地紧随其后。

把我送到楼下，振宇自作主张，把我抱入怀中，做出吻我的动作，我来不及躲闪。

"以后你就是我的人了。"振宇志在必得地说，"请放心，我肯定好好对你。"我发愣，内心被温馨弥漫，远离父母身在异乡的孤单烟消云散。"要我送你上去吗？"振宇问我。我说："下次吧，太晚了，你早点回去。"

振宇把我抱起来，轻轻放下，爱意绵绵地说，"那我走了啊！""记得发短信给我。"我往楼梯走去，"路上慢点，拜拜！"

回到宿舍，我打开QQ，等振宇上线。夜里十一点多，振宇抖动我的QQ，“我刚到家！”“累不累？”我问他，“下次别这样送了，跑来跑去的。”

振宇说：“我觉得吧，我们可以住一起。”“你直接说同居就是啦。”我说，“真会开玩笑！我们还没那么快，你想坐火箭是么？”

“我说住一起，不代表睡一张床。”振宇忙不迭地说，“比如我们租个两室一厅，各住一室。你想想，把你送回家我也不用急着往江宁赶了。我早想去市区住了，我们合租咋样？”

“亏你想得出来，得寸进尺。”我说振宇你真把我当成了小孩，“你哄别人还行，哄我太嫩。”振宇在QQ那头发来一长串大哭的表情，“你这是小人之心啊，你可以不理解我的善意，但不能误解我，我不像你想的那样……”

“不说了不说了，早点睡觉。”我怕为这个问题争论下去会伤和气，“明天再谈这个事。”振宇以为我妥协了，发个龇牙的表情给我，“明天我们确定一下在哪租房子划算，后天我去找房。”

第二天，振宇却只字未提租房子的事。我主动问他：“你说的那房子的事？”“哦，那是昨晚我在车上的设想。”振宇说，“想想而已，别当真。”

我说：“你真让人捉摸不透。”振宇说：“我简简单单，其实你挺让我捉摸不透的，昨晚那是我试探你。我想看看你对我究竟有没有感情。”

我和振宇同居在张府园，他的眼睛里放射出光芒

2008年12月，我和振宇同居在张府园某小区。

冬天的南京阴霾而阳光惨淡，每逢冬天，我内心无比萧条。振宇11月就把房子租好，他先住到张府园。12月初，他拉我去他租的房子看看，果然是两室一厅。

"我说话算话，你来的话住大间，我住小间。"振宇带我参观房间，他把大房间布置得整洁而温暖，米黄色的画，床垫也是米黄色，地板一尘不染，空调吹着暖风。"找个黄道吉日，我帮你搬东西。"振宇把我带到他的小房间，要我先在他的床上坐坐，他去烧水。

我独自走回大房间，摸着墙壁，临窗远眺，我很喜欢这样的环境。我喜欢温暖，有个爱我的人给我烧水，为我端饭，振宇把水杯递到我手中，水蒸气飘飘荡荡，房屋里有家的味道。"这个周末搬，正好那边也要到期了。"我抿着一小口热水，"以后你要给我做饭，还行啊？"

"何止是给你做饭。"振宇的眼睛里放射出光芒，"给夫人您做牛做马都是理所当然。""男人都是说一套做一套。"我很开心，"得不到我之前，你给我做牛做马，得到我之后，恐怕要反过来了。"

振宇小心翼翼地说："如果一个男人是真的爱你，他在得到你的前后，不会发生本质性的改变。""你这是说你自己吗？"我慢慢地接受着振宇。"是的。"振宇说，"我对你的感情，永远不会随着时间的流走而变轻。"

我不是愿意接受裸婚的人，我对你的依赖完全是一种亲情

搬到张府园不久，振宇便住进大房间。小房间租给了别人。这一切发生得心照不宣。其实，我决定搬过来和振宇住，心里已正式接纳他和我同床共枕。

我能体会到振宇对我的爱，他包容我，我和朋友去唱歌，凌晨回来，他还在等我。振宇很贴心，给我做饭、洗衣。他经常抱着我，对着夜空唱《月亮代表我的心》。"除了你，我这一生很难再爱上别人。"振宇深情流露，"你要是愿意裸婚，我真想马上和你领证。"

我笑。他一次次触碰我内心的底线，我并不是愿意接受裸婚的人。

时间过得飞快，2010年8月，算起来我陪振宇有两年了。8月，另外一个男子走进我的生活，他是我新来的同事吴志，完全是我真正喜欢的类型，幽默、上进，在南京有车有房。

吴志也对我有意。8月底我们同去深圳出差，到深圳的第一晚，吴志向我表白："能否做我的女朋友？""我有男朋友。"想都没想，我脱口而出，"同居两年了。"

吴志仿佛看穿了我的心思，"那不重要，重要的是你是否打算跟我。如果你想跟着我，我会证明给你看，你的选择无比明智。"看不出他的话是真是假，我的心悄然松动。

从深圳回到南京，我故意想让振宇看我手机，"帮我看看，我手机短信总是读不出来，是不是坏了？"上面有吴志发给我的暧昧短信。振宇拿着我手机捏了几下，我期待他能偷看我短信。

"还行，没什么大问题。"振宇把手机递给我，"这可是新手机啊！""很抱歉，跟了你两年，你还是没有长进，没有房子没有钱。"我鼓起勇气想说的话刚要出口又咽下。

编者心语：

落花有意随流水，流水无心伴落花。古语如此，原是为落花与流水皆身不由己。而人既非流水亦非落花。人是有自制的灵长，应能把控感情才是。当信任成为一种习惯，便易滋生罅隙；当罅隙已生而不知，信任便成为罪愆。经营感情难于经营生意，不可大意，不可一味顺其自然。

19.订婚之后遭遇出轨

关键词：变化

主题：我已查出雨绮的手机通话记录，白天，一个上海号码和雨绮通话密集。我用雨绮的手机给这个号码发去短信：“我到南京了，刚洗好澡，想我么？”对方回得很快：“Baby到家我就放心了，好好陪你老公去吧。亲一下！”

雨绮对我挥手，她甜甜的声音干干净净

第一眼看过去，雨绮的纯净深深吸引了我。她扎着马尾辫，穿着略显稚气的学生装，大眼睛镶在白净的脸庞上，活灵活现地闪烁。

雨绮是我爸朋友的女儿。2008年10月，我爸带我去拜访朋友，我初次来到南京城东雨绮的家中。雨绮和我一样，也在南京读大学，都上大三。

和雨绮刚有接触，我心旌摇曳。

“你学的什么专业？”我先开口。“英语。你呢？”雨绮落落大方，“南理工就在旁边，我小时候就常去玩。”“我学的专业你们女生不感兴趣，枯燥无味。”我不想和雨绮谈专业，她的双眼盯着电视机上的明星演唱会，我说：“你喜欢哪个明星啊？”

“周杰伦。”雨绮看看我，再看电视，“你呢？”

我抓抓头：“明星嘛，我不懂，我对科学界的事比较了解。”雨

绮咯咯咯地笑，我不停抓头。

我比雨绮大两岁。她的父母欣赏我，说我憨厚、踏实、努力。我父母对雨绮也很中意，夸她纯洁、乖巧，讨人喜欢。

从雨绮家出来，我依依不舍。出门，雨绮对我挥手：“哥哥拜拜！”她甜甜的声音干干净净。“拜拜！”我回头朝雨绮摆手，“有空我去找你玩。”

雨绮彻底变成另外一个人，她的乖巧转变为旁若无人的疯狂

我和雨绮的恋爱事先得到了双方家长的支持。

雨绮很黏我，她的学校在仙林。每逢周末，她多是先到南理工，玩到晚上10点多再让我送她回家。偶尔，我还要去她家再坐会。

雨绮喜欢热闹，对大大小小的演出类活动有着令我费解的兴趣。谈到2008年周杰伦南京演唱会，雨绮的小脸飘扬着梦幻般的色彩。此刻，我可以恣意地亲吻她，她半闭着眼睛，热烈地回应我。

“你怎么不会唱周杰伦的歌？”雨绮满含期待地问我。我说：“我正在学，凡是你喜欢的，我都要好好学。”雨绮闭上眼睛，哼着《夜曲》的旋律。她温柔地躺于我怀抱，我抱着的是轻盈的少女似的幻想，她的幻想异彩流光，感染了我。

我附和着雨绮，承诺她：“周杰伦再来南京开演唱会，我请你去看。”雨绮说：“我可要坐前面，VIP座位。”“这些都不是问题，只要你喜欢，我请周杰伦单独给你唱都行。”“哥哥要是能请周杰伦单独给我唱，我立刻嫁给你。”雨绮大喊大叫，我抓耳挠腮。

2009年“五一”期间，我请雨绮去看周杰伦昆山演唱会。演唱会现场，雨绮彻底变成另外一个人，她的乖巧转变为旁若无人的疯狂。我对台上的周杰伦充满嫉妒啊，他让我的女友丧失矜持，尖叫、流泪、捂着脸……

表面上，我极力控制住自己内心的真实情绪，陪着雨绮呼喊。抱

着雨绮，让她能够更高一点地遥望她的周董。演唱会结束，我身心俱疲、汗流浃背，比长跑五千米还要累。

当夜，我们住进同一间房。以前，雨绮只许我吻她，她说："我的第一次要留给结婚之夜，哥哥要耐心等待。"

离开演唱会现场，走进宾馆，我如释重负。倒在床上，我气喘吁吁。"哥哥好像比我还累。"雨绮的满足让我欣慰，她麻利地脱掉鞋子，也帮我脱掉鞋子，再跪在我身旁，帮我按摩胳膊和双腿，"没想到哥哥也这么疯，来给你放松放松，犒劳你！"

雨绮给我按摩，我半闭着眼睛，哼哼唧唧。雨绮让我翻身，我懒洋洋不想动，她费劲地帮我翻身。"你今天的表现让我刮目相看！"雨绮揉捏着我的肌肉，痒痒的，她还没有从演唱会的环境中走出来，"下次再有演唱会，还得陪我！"

"陪你。"我轻轻吐出一口气，"不过，你的按摩水平……你这技术不过关。"雨绮说："平时都是我爸给我妈按摩，我看来的。还说我不过关，那你来给我按摩，让我见识一下。"

我坐起身，给雨绮按摩。粗粗按摩几分钟，我的手脚开始不老实，忍不住在雨绮身上乱摸。没想到，雨绮没有半点反对，她学着我刚才做出对按摩充满享受的样子，哼哼唧唧。直到我细腻地脱去她的衣服，她始终默默地配合我。直到我第一次拥有她，她用咬牙的疼痛向我献出她的青春和初夜。我心花怒放，对周杰伦的好感忽然涌上心头。

从昆山回南京，雨绮乖乖地缠着我的胳膊，对我的依赖空前加强。看着窗外一晃而过的风景，我感动于自己的女友像小鸟一样依偎我，像依偎天空。我说："就要毕业了，我们可以结婚。""要想结婚的话，是不是要先订婚呢？"雨绮很好奇，曾经，结婚是个很遥远的话题，现在，我们也到了结婚的年龄和火候啦……

拿到毕业证，我和雨绮同时参加工作。2009年8月，双方的家长比我们还积极，在中山东路一家酒店为我们订婚。雨绮穿着白色的连衣裙，如出水芙蓉。她的脸上褪去去年尚存的稚嫩气息，俨然已是一位花枝招展的女人。雨绮深情地对我说："你可要对我负责到底，好好爱我珍惜我。""放心好了，我会好好对你！"雨绮紧靠着我的臂弯，我真想就这样拥着她一生一世。

我的家人出钱在河西为我们买下一套100多平米的婚房，房产证写上我和雨绮的名字。雨绮的父母给我们买了一辆车。"两人先好好工作，时机成熟就给你们办婚礼。"这是双方家长一致的意见。大人们想问题比较复杂，他们相信姻缘的生辰八字等等，给我们的规划是工作一年再结婚，时间在2010年8月前后。

雨绮和一个网友聊得火热，两人相约在上海见面

我还没有驾照，我们的车子多是雨绮在开。

2010年五一，我和雨绮约好去西塘玩。后来我临时有事去不了，本来雨绮没说啥，她开车去城东回自己家。5月2日早晨我打雨绮电话，关机。中午我再打，她说在上海。

"去上海怎么不和我说一声？"我不太高兴，"去干什么？和谁？""一个人，就是想出来转转，啥事没有。"雨绮压低自己的嗓音，"你在干吗呢？"

我说："想让你接我的，你偷偷摸摸跑上海去了。""接你去哪？"雨绮反问我，"打车……"她突然挂断电话，我再打过去，对方已关机。

纳闷之余，我打电话给雨绮妈妈，她妈表示诧异："啊？没有和你在一起？""她去上海了，"我强调，"一个人！"

下午，一个显示上海区号的号码打到我手机上，"刚手机没电了，现在正充电。打个电话和你说声，我晚上回南京。"是雨绮。

“一个人瞎逛啥？”我不太相信雨绮真是独自一人，“早点回来。”

我去城东，到雨绮家，打开她的电脑，查她聊天记录。这是我突发的灵感。雨绮的QQ聊天记录被删除了，她很细心。可这难不倒我，通过技术我调出她的聊天记录。

雨绮和一个叫“潇洒哥”的网友聊得火热，两人相约今天在上海见面，潇洒哥说：“我在××路××宾馆××号房间等你……”

我脑门充血，眼前昏暗，耳边轰鸣。在潇洒哥之外，雨绮竟然还和几个男网友见过面，聊天的对话放浪形骸惨不忍睹。我目瞪口呆，强迫自己别再往下看，却又控制不住自己，战栗着去读完那刺痛我心的语句，她对一个不想再见的网友说：“每个人心中都藏有一个魔鬼，是你的勾引让我变得不再专心，我恨你。”

晚上九点，雨绮回来了。她给我打电话，我要她过来接我。“你在哪？身边好吵。”“酒吧，长江路。”“昏头了是不？谁批准你去酒吧了！”雨绮赶来长江路，她知道我从来不去酒吧之类的场所。

雨绮到1912街区附近，喊我出来。我没问雨绮吃饭没有，她也没说饿。我上车，“去河西。”雨绮在我身上嗅来嗅去，没有酒味。我说：“去酒吧不代表我喝了酒！”

到我们的婚房了。雨绮急匆匆要洗澡。我偷看她的包包、手机，没有任何蛛丝马迹。而这瞒不住我，我已查出雨绮的手机通话记录，白天，一个上海号码和雨绮通话密集。我用雨绮的手机给这个号码发去短信：“我到南京了，刚洗好澡，想我么？”对方回得很快：“Baby到家我就放心了，好好陪你老公去吧。亲一下！”这个人的号码雨绮没在手机里保存，看来，她已牢记于心。

我迅速删掉短信。雨绮从卫生间向客厅挪步，白色的大浴巾披在她身上，她尽情地擦着头发上的水，一滴滴水啪啪掉在地板上。“老公，我饿了……”

我悄悄闭着眼睛，假装没听见她的低吟，我在想，咱们本定于今年十月结婚的，是不是要无限期推迟了……

编者心语：

QQ是富有神性的手，拉近了距离；手机是无物可挡的嘴，千万里不再是障碍。然手若伸过了界，嘴若找错了人，故事便不再鲜艳可人。

20.瞒过老公的婚外恋，有了爱情结晶

关键词：困惑

主题：大军非常喜欢电影《东邪西毒》，剧中有句台词：如果有一天我忍不住问你，你一定要骗我。这句话曾经是大军的口头禅，情浓耳热之际，大军翻来覆去地对晨怡说着这句话。如今，回想起这个烂熟于心的场景，晨怡感到未曾有过的毛骨悚然。

晨怡和张文相逢恨晚，两人互诉衷肠聊起各自生活

晨怡和张文，在白鹭洲公园里散步。深春的花香淡淡浮来，午后时光浪漫美好，晨怡心花怒放。

“网上认识的人都不能信”，这是晨怡以前的想法，现在，她发现张文和她老公完全不同。张文成熟稳重、很有男子气概，能够替她着想。

这场邂逅……晨怡觉得这场邂逅她等了很多年。2010年春天，26岁的晨怡和30岁的张文在白鹭洲公园见面的瞬间，两人相逢恨晚。

晨怡向张文详细讲述着自己的过去：“2007年，我从湖南嫁到南京。老公大军也是湖南人，我们是高中同学。高考后分道扬镳，我在长沙，他到南京。不过，缘分这东西真的说不清。大军约我来南京玩几次，我就喜欢上这个城市了，也彻底爱上了他。”

张文也说起自己，“我和老婆是朋友介绍认识的，她在酒店工作。时尚青春，朝气蓬勃。刚认识那会，我被她的气息迷住，天天围

着她。”

两人聊起各自的家庭生活，互诉衷肠。

在外人眼中，晨怡是一个完美老婆：温柔体贴，个性随和，上得厅堂入得厨房，对老公大军照顾入微。但大军对家务、孩子几乎不太过问。他还是个大男子主义者，经常招一帮朋友在家天南海北地海吹。他和朋友一起喝酒时，如果晨怡小声告诉他少喝一点，他会立刻给晨怡脸色看。他也许是爱她的，可晨怡不喜欢这样的生活。尤其是晨怡生了女儿，公公婆婆都不开心。大军想要个儿子。对此，无比郁闷的晨怡哀伤不已，她怀疑自己嫁错人了，大军全家都重男轻女。

张文也对自己的婚姻生活叫苦不迭，“老婆是奢侈品女魔，我的钱不够她花的，LV、卡地亚、雅诗兰黛。她只去大商场、德基。怪我宠她太深，她变得说一不二，飞扬跋扈。我也怀疑自己怎么会找她做老婆。”

她看着空水壶发起牢骚，他仍然在网游世界里驰骋

一个月下来，张文和晨怡只要有空就见面。河畔、公园、林荫小道，晨怡喜欢安静而有风景的地方。没有人的时刻，张文默契地拉着晨怡的手，偶尔还有拥抱。

生活的不如意，令人压抑。理想的困顿，感情缺口的打开，晨怡与张文惺惺相惜，相顾流泪，深情相拥，无话不谈。

2010年5月的一个周末，晨怡参加完公司组织的野外拓展活动，晚上回到家已近8点。进门，晨怡失望地瞥见大军对着电脑精神抖擞，他爱玩游戏。

“给我烧点水喝，我先洗个澡。”晨怡冲大军喊，“今天可把我累坏了。”“嗯！”大军头都没回。

洗完澡，晨怡看着空水壶发起牢骚，“你的特长就是心不在焉。”“嗯！”大军回应一声，他仍然在网游世界里驰骋，认真得令

人发指。

“别的不说，我只说今天，从早晨出门，你就在打游戏，现在还打。我累了一天，你能不能体谅体谅我？”大军立即暴跳如雷，大声呵斥：“你整天不顾家，就知道疯玩，好吃懒做，你以为你是谁，不想过就别过了！”晨怡怔住，原来她付出的一切，在他眼中竟一文不值。她的眼泪夺眶而出，团在客厅的沙发上，抱着膝盖想了好久，“可能真是我的错，我没有给他生个儿子。”她很委屈，女儿出生以来，快乐渐行渐远。接下来的几天，晨怡和大军开始冷战。

同样，另外一个夜晚，张文和他老婆也大吵一架。“她骂我没出息，给自己老婆买衣服还抠门！”张文给晨怡发短信，“她骂我是狗，没本事找骨头还汪汪叫。”

晨怡替张文感到委屈，她打电话给张文，“你是个男人，为什么不能对她狠一点。她骂你，你可以给她颜色看，给她一巴掌。调教不好自己的老婆，还唧唧歪歪，你活该！”张文说：“你活该被你老公吼！”“别说我，你拿镜子照照自己。”晨怡的声音越来越大。张文软下来，“女人真是可怕，太可怕了。”

晨怡被张文抱上床，她脸上挂着新鲜的眼泪

5月中旬的某一天，孤独无助的晨怡约张文到新街口必胜客吃晚餐，张文说他正想看电影。5月的南京，春风沁人心脾。看完电影，张文问晨怡累不累。晨怡心领神会，跟着张文走进龙江一家宾馆。

“今晚不回家了。”张文关掉手机。晨怡说：“可我不想这样。”“人家都那样了，你还不想这样。你脑袋里装的是啥啊？”张文把晨怡抱到腿上，晨怡默默地配合着，“我们这是在报复！我不想这样。”“我们不是在报复谁！我们是有感情的。”张文说，“此时，我要是回家，她必然正在梳妆台前卸面膜。没意思，回家真没意思。”

晨怡被张文抱上床，她的脸上挂着新鲜的眼泪，她的老公大军此刻必定正在电脑游戏中挥策方遒，号令天下，自娱自乐。家里像个冰窖，回家真没意思。

昏暗的灯光，被情欲喘息的窗帘荡漾着，床头柜上的水杯和手机仿佛有生命，正火辣辣地注视着晨怡。半闭着眼睛的晨怡还是无法接受自己的所作所为，而事已至此……天要下雨，那就下吧。

第二天，晨怡收到张文发来的短信："昨夜，你一丝不挂地趴在床上，脸深深地埋在枕头里。浑身洁白，一尘不染，真像个受伤的天使啊。"晨怡感觉身上有电流淌过，禁不住像抽筋似的哆嗦起来，她回复张文："你这个流氓。"

有过第一次，接下来的一段时间里，接下来事的接踵而至。晨怡习惯张文爱意浓浓的怀抱，就如习惯几年前大军给她的温暖。

2010年8月，晨怡怀孕了。经过周密的推测，晨怡肯定，这孩子是张文的。

"怎么办？"张文望着晨怡的双眼，"赶紧打掉！""不行的，他知道了。"晨怡慌慌张张，"我和你算什么呢？露水夫妻？我毕竟有自己的家庭和孩子。我还爱着大军那浑蛋，我能怎么办？我怀孕，偷偷去打掉的话，大军怎么想？"

晨怡怀孕，大军喜出望外。晨怡恍恍惚惚坐在沙发上发呆，她看见很多年前，那个遥远的高中校园午后，大军抱着个篮球，满头大汗地从操场边向她跑来。花样年华般的美妙的过去，那时候她和大军正互有好感。

知道晨怡怀孕，大军像换了一个人

一直想要第二个孩子的大军，知道晨怡怀孕，欣喜若狂。大军像换了一个人，他的细腻难描难画。一大早，起床热牛奶、煎鸡蛋。做好饭，再蹑手蹑脚拿着湿毛巾来给晨怡擦手擦脸，还一勺勺将牛奶喂到晨怡嘴里。

大军变着花样给晨怡做吃的，耐心得像母亲。站在大军身后，望着那个被汗水洇湿的脊梁，晨怡不知如何是好。更让她感到不安的是，双方父母同样喜不自胜。老家在湖南的婆婆竟赶到南京照顾她。

大军非常喜欢电影《东邪西毒》，剧中有句台词：如果有一天我忍不住问你，你一定要骗我。这句话曾经是大军的口头禅，情浓耳热之际，大军翻来覆去地对晨怡说着这句话。如今，回想起这个烂熟于心的场景，晨怡感到未曾有过的毛骨悚然。

晨怡把自己的惊恐向张文倾诉，言中略带悔意，“都是你，根本不考虑我的感受。你说，我们怎么办？”张文开始打退堂鼓，“其实，也可能是你多虑了，说不定这孩子确实是你老公的。你说这虚惊一场的话，这不是做贼心虚吗？”

“听你的口气，好像这一切都跟你无关！”晨怡心里凉飕飕，“你轻轻松松得个孩子，还不要你养是不是？”张文摇头，“错，我没那么卑鄙。你想想啊，等些天，你老公肯定要带你去检查，他不是想要个儿子吗？如果你怀的是女儿，他肯定会主张打掉。”

“如果我怀的是儿子呢？”晨怡心中五味杂陈。张文说：“那……只能听天由命了。”

编者心语：

想起《诗经·氓》：“于嗟女兮，无与士耽。士之耽兮，犹可说也；女之耽兮，不可说也。”是两千年前的诗人写给晨怡的吧？出墙之前，心存惭愧，便是与丈夫感情未泯；若再遇玩情之主，情何以堪？心之出轨，已然难以掌控；继而身体出轨，何处是岸？

21.被蒸发的公交车爱情，空气里还留有她的味道

关键词：邂逅

主题：雨婷带上门，她走了。空气里留着她的味道，我想永远沉浸于这味道中。她给我发来短信："从此以后别再找我，姐弟也没得做。我原谅你的所做，你对什么都好奇，可我无法原谅自己。"

她的面容干干净净，我们肩并肩坐在公交车上

每天早晨，我在茶亭东街公交站台登上37路车，都会看到一个长发披肩的女孩。

公交车从河西开往城东。车到三山街，我要下车转地铁1号线去鼓楼上班。几乎是不约而同，这个女孩和我前后走下公交，再走向地铁站。我刻意放慢脚步，让她走到我前面，这样，我可以慢悠悠地观察她。

有一次，我们肩并肩坐在37路车上。我小心翼翼地移动眼珠，她平缓地呼吸着，鼻翼轻微地一动一动。她的面容干干净净，含着淡淡的笑意，清新、自然、秀丽。

我想和她说话，设计了很多句台词，当我想要开口，却又退缩，怕她不理我。

这样的经历，夹杂着心跳、兴奋、期待和失落，我的脑海被她的身影密不透风地填补，睁开眼闭上眼，她闪来闪去。

2010年5月中旬，我被接连几个月的煎熬折磨得精神恍惚。我决定豁出去，大不了形同陌路，反正我们本就陌路。

跟往常没什么区别，她轻飘飘地跳下公交，走向三山街地铁站。我慌张地跟上去，“嘿！”她扭头瞧我，礼貌性地微笑，“你好！”“你好！”我松口气，不像刚才那样紧张了，“真巧，总是看到你。”她笑着说：“巧。”

看来她对我也有印象。我鼓起勇气找她要QQ号，她略作犹豫，我迅速把手机递给她，“输我手机上行不行？”她接过我手机，就当她接住了我满腔的激情，我激动得快要掉泪。

到办公室，我迫不及待打开电脑，加她QQ。我语无伦次地讲述着自己的本意，“看到你一次又一次……很想认识你……希望你不要多想，我真的只是单纯地想认识你……”她叫雨婷，是一名广告设计师。

她笑呵呵地接受我的倾慕，主动约我去水游城喝咖啡

第二天，我早早地跑到站台等公交。几辆37路开走，雨婷姗姗来迟。

“早！”我对着雨婷喊。她甜甜地笑，“早！”又一辆37路开来，我抢着给她刷卡。

我有一肚子话想和雨婷说，我苦思冥想，不知该从哪句话说起。雨婷说我傻乎乎的，看上去就是老实人。我傻傻地说：“我都没谈过恋爱……”雨婷捂着嘴，想笑。

很多话嘴上说不出来，我用QQ告诉雨婷，“我毕业工作两年，经历平淡如水，一天天过日子，没有大风大浪的坎坷。在固定的地方一次次遇见你，不知这是不是一种缘分。没胆量和你说话。经常挤在同一辆车上，两个人的距离，也就是几步之遥。可我没有勇气迈出这几步。这短短的几步，我迈了好几个月。”

我的坦诚为自己赢得意想不到的回报，雨婷笑呵呵地接受着我的倾慕。我继续对她表白："沉醉于早上半小时，非常开心。想和你搭讪的那种冲动，叫我惊慌，我害怕得到失望的答案。我手足无措，真不知该怎样办……"

懂事的雨婷，用她的温情和善良照顾我的感受，她说我有难得的淳朴，"你这样的男孩越来越少了。"

今年儿童节，雨婷主动约我去水游城喝咖啡。结果，我迟到了。雨婷打电话问我在哪，我说马上就到。我赶到的时候，雨婷怪怪地看我，我抱着玩具海豚。

我害羞地把礼物送到雨婷手里，希望雨婷喜欢。雨婷收下礼物，问我是不是真的没谈过恋爱，"笨拙得要命。"我面红耳赤，端起咖啡咕咚咕咚几口喝完。

"你多大？"雨婷问我年龄。"25。"我木讷地回答她，再反问，"你多大？""我28，你得喊姐姐。"雨婷笑吟吟。

"怎么可能！"我不相信雨婷的话，"看上去你还没有我大。""那是你没看准！你不能被女人的外表蒙蔽。我不但比你大，而且还快要结婚了呢！"雨婷说，"你是追我的男生中最有意思的一位，你看我还请你喝咖啡，别人请我我还推辞。"

我受宠若惊，又不知所以然，雨婷的话到底是什么意思。"把我当姐姐，以后我们是好朋友。你送的礼物，姐姐收下。可不能再有别的想法哦。"雨婷的话像利刃，割疼我，我抓耳挠腮，"为什么？""没有为什么，你静下心来想想，看看你那傻样，除了认我做姐，难不成还想做我老公？"

雨婷的话引诱着我遐想联翩，倘若我能成她老公，那是多么幸福的事。我说："那我们姐弟恋，我……我喜欢看到你……"

雨婷乐得大笑，"你真是傻得可爱，也不知你是不是装的！25岁的人了，跟15岁似的。”“我没装，我是真真切切想陪你。”我心发慌，生怕雨婷将我一票否决。

雨婷说：“看你不像不懂事的人。你要清楚，有些事能做，有些事不能做。我看你憨，不想伤害你。不要太过认真，那样的话，你太累了。”

我明白雨婷的意思，她以喝咖啡的名义邀请我，再给我讲道理，让我远离她。我心事重重地对雨婷说，“你别，别急匆匆地把我打发掉。算我求你！”

“又犯傻了。”雨婷要我声音小点，公共场合别过于表露自己的情绪，“我们根本就没可能性，一点也没有。我请你喝咖啡都属破例，别稀里糊涂地暗恋我，你会受伤。”我听不进雨婷的话，“才恋爱，就分手？”

“我们没有恋爱，你别多想。”雨婷轻声嘀咕，“早知你不太懂事，就不该理你，更不该请你来喝咖啡……”

雨婷想要我单纯地做她弟弟。这可能吗？“我虽然没谈过恋爱，可还不至于这样，好不容易喜欢上一个人，你却要做我姐！不行！别不要我。”

她醉醺醺靠在沙发上，我心惊胆战地去抱她

雨婷说她对我的印象非常好。我盘旋在她身边。

2010年8月初，雨婷过生日，邀请我参加她的生日宴。我觉得自己正在慢慢靠近雨婷的心，她不讨厌我，再加上我总围着她转，终将水滴石穿。

雨婷的生日宴定在水西门大街一饭店。总共五个人为雨婷庆祝生日。三男两女。雨婷说，“你们都是我在南京的好朋友，陪我过生日的是你们，而不是我男朋友。”我既愉悦又失望，这么快就能成为她的好朋友，想都不敢想。她三番五次说自己有男朋友，把迷

惘的我刺痛。

因为我和雨婷都住水西门大街，生日宴结束，他人散去。我借机提出送雨婷回去，雨婷告诉我，她住在姑姑家，“你把我送到楼下就行。”

我约雨婷去莫愁湖公园门口走走。雨婷欣然应允。在莫愁湖公园门前一个石凳上，我们肩并肩坐着，像不久前我们相对陌生地坐在37路公交车上，彼此无言。

我壮着胆子伸出手臂搭向雨婷的脖子，她迷迷糊糊地装着没感觉，我搂住她。晚风吹不走炎热，夏日的汗水淌遍我全身，我心里荡起暴风骤雨。

我努力克制自己，但我克制不住自己的欲望，我模仿网上看过的那些“伎俩”，提出带雨婷找个地方歇歇。雨婷说：“好的，你去找。”

我根本不相信此情此景的真实，我把雨婷带到自己的房间。雨婷躺着，她喝了几大杯红酒，酒精正在作用。空调呼呼地吹着冷风，我冷静不少。眼前的雨婷，穿着连衣裙，像雪花，白晃晃。我想去冰箱给雨婷拿冷饮，打开冰箱，只有啤酒。

我开啤酒给雨婷喝。雨婷说：“你真会招待姐姐，深更半夜，请我到你家喝啤酒。”

然后，雨婷醉醺醺地靠在沙发上睡着了。我心惊胆战地去抱她，当我的双手全面触及她的身体，浑身的血液翻腾，我蒙了。这可是我长这么大，初次和女性如此亲密。雨婷没有力量避开我的试探和探索，我脱光她的衣服，她半闭着眼睛，对我的鲁莽无可奈何。我知道醉酒的滋味。雨婷的手机震动声没有止住我的动作，我在雨婷身上欲罢不能。

凌晨，雨婷酒醒。我装睡，忐忑不安。雨婷看看手机，穿衣服，发短信。我屏住呼吸。

时间不长，雨婷带上门，她走了。空气里留着她的味道，我想永远沉浸于这味道中。

不久，我收到雨婷发来的短信："从此以后别再找我，姐弟也没得做。我原谅你的所做，你对什么都好奇，可我无法原谅自己。"

自此，我再也没在37路公交上看到过雨婷。

编者心语：

无数次相遇，还是邂逅吗？相遇是一种缘分，应该珍惜，然而珍惜与破坏仅仅层纸之隔。若不想受伤，请保持距离；若不想破坏，请保留尊重。

22.一场事先策划的婚外情突袭

关键词：陷阱

主题：2010年6月，我们协议离婚。建新语重心长地说，“名存实亡的婚姻，能耗尽我们的生命，到头来都是一场空，毫无意义。”我被说不清道不明的烦恼纠结着，建新说我有愧于他，其实我是清白的。

我坐电脑前和网友聊天，背后传来隐隐约约的喘气声

2009年12月初。一天晚上，我聚精会神地坐在电脑前和网友聊天。突然，背后传来隐隐约约的喘气声。“谁？”我紧张地回过头，“吓死我了！”

老公建新双臂紧抱，无精打采地站着一动不动。“你干啥呢？”我转过身，轻轻推他，“鬼鬼祟祟站我后面偷窥！”

建新的双臂缓慢松开，他冷冰冰地说：“和谁聊得这么带劲？”“人家请教我问题呢！”我以为建新在开玩笑，“怎么，吃醋啦？”

我把之前的聊天记录拉出来，要建新坐下慢慢看，“一字不落地看清楚。”建新把QQ对话框关掉，摇摇头，叹息着，“想都不用想，这网友肯定是男的！你太投入了，后面站个人愣是没知觉……”

QQ再次跳动，和我聊天的网友发送抖动窗口。房间里寒气逼人，暗淡的灯光掩饰不住我的尴尬，我尴尬地看着建新打一行字发送给和

我聊天的网友：“你喜欢我吗？”

对方发一串省略号过来。我抓住电脑鼠标，阻止建新的欲言又止。建新猛然咆哮起来，“你这不是欲盖弥彰又是什么？我早就看出你不对劲，想来想去，现在我算是全明白了。”我猝不及防，呆若木鸡，茫然无措，鼠标紧抓手中，不知是该放下还是继续拿着。

“我给你计时，整整40分钟，你笑出声有23次。”建新的严肃呛得我喘不过气，他严谨地说，“通过你的乐不可支，我推断出，你和他必然有问题。我站在你身后多久你知道吗？大约20分钟，你动都没动。”

我不想再沉默，“原来你是成心想和我吵架！说吧，今天遇到什么不开心的事了？”

建新是企业的中层，时常有烦心事。我是他体贴的妻子，不想跟他吵闹。“别转移话题，这事我要一查到底！”建新毫不在意我的妥协，语气的坚硬变本加厉。

他用粗暴的语言攻击我，逼迫我承认自己出轨

和我聊得火热的网友确实是男性。他是我的大学学弟，和我聊天又不是一次两次，建新偏说“那小子心怀不轨”。

建新的偏执令我诧异，他逼迫我承认“有问题”！我搞不懂建新的态度，往常他不是这样的啊！他和我恋爱两年，结婚七年，感情一直比较好，偶尔的磕磕碰碰大吵小吵基本上也是建新主动向我道歉。建新的口头禅是，“女人的一切都是对的，错的也是对的。”

建新紧咬我聊天的事不放。我百思不得其解，老公定然是工作不顺利，回到家看什么都不顺眼。我问他：“以前我也和他聊过，为何这次你如此激动？”“我也有忍无可忍的时候，以前我沉默是想给你反思的时间，想不到你越陷越深！”建新还是很激动，“我感觉，你已经做了对不起我的事。你还是老老实实承认最好，别逼我。”

想为自己解释其实很简单，我把聊天记录打印出来递到建新眼前，他一巴掌把它打飞，“别弄这没用的东西糊弄我，我是不会看的。读到让我揪心的内容，我会发心脏病的！”我心里烧起火苗，“不准你诽谤我，你对事情的真相一无所知，信口雌黄地污蔑我。你想找茬，你为什么想找茬？”

建新说不是那么回事，“这是我对自己婚姻的重视，我不允许自己的家庭生活被婚外情污染。”我哭笑不得，“你吃错药了，不跟你吵，等你消停下再说。”

第二天早晨，我特意给学弟打电话，学弟大吃一惊。我对学弟说：“你们男人是不是也有生理周期？”学弟说：“要我看，事情没那么简单。你想想，哪有男人无缘无故拿这事和你较真的？”

第二天晚上，我回到家，建新坐客厅看电视，抽烟，吃花生米，地上丢几只啤酒瓶。他对我的出现没有表露出任何情绪，仿佛我根本不在他的视野之内。气氛明显不对。我静悄悄地站在建新身旁，手靠着沙发的边沿。“干什么？”建新懒洋洋地吐出三个字。

“我……你至于吗你！”我感受到压抑，建新认真了，他的认真莫名其妙，我说，“还摆出颓废的模样，你吓唬我是不是？”

建新没说话，朝我看看，再盯向电视机。我扑他身上，用拳头捶他，“你不是也有网友，你和网友聊得热火朝天，我说过你了吗？”建新推开我，“别闹，清者自清。”

“我是清澈的，我和网友的聊天纯洁无瑕，我们的关系是透明的。”我有点激动，急切地说，“我们讲和吧，好吗？”不知不觉，我的眼里潮湿，声音轻柔。

建新话锋一转，“你哭啥？认识到错误就好，坦白从宽！”我擦擦脸，带着撒娇的语气，继续捶打建新，“叫你胡说八道，冤枉我，你不是人！”

其实，我始终觉得这都是建新和我赌气，至于他为啥和我赌气，我猜不到。建新凶巴巴地说，“如果撒撒娇能够掩盖你的过错，请你继续撒娇！”我的身体顿时僵硬，此时此刻，我究竟怎样做才能符合建新的意思，才能不使他说话阴阳怪气？

建新用粗暴的语言不断攻击我，我终于被他的霸道给吓哭了，之前的眼泪是委屈，再次哭泣纯粹是心慌意乱，被老公毫无理由地逼迫，逼迫我承认自己出轨。

他拉着一个女人的手，我被眼前的画面惊醒

2010年元旦，我的学弟拖家带口来我家做客。对待来客，建新颇有风度，他明白这是我的安排。

客人刚离开，建新的脸迅速沉下，“太傻了，都是无用功。辛辛苦苦做这些给我看，于事无补啊！”我也拉下脸，“看来你是铁了心要折磨我。我无话可说，随你怎么想，我都默认。”

于是我被建新鉴定为：出轨了。起先他说我只是精神出轨，后来他夸张地说，“我能从那小子的眼神中捕捉到某种慌张，愧对于我的慌张。这是男人的直觉。”建新有板有眼地叙述着他的“直觉”，他说他被伤害了，我们的好日子到头了……

也许，好日子真的到头了。建新三番五次夜不归宿，每次回到家还摆出愤世嫉俗的模样，他用痛楚的眼神直视我，似乎是我造就了他的哀怨。

2010年6月，我们协议离婚。建新主动提出离婚，他语重心长地说，“名存实亡的婚姻，能耗尽我们的生命，到头来都是一场空，毫无意义。”我被说不清道不明的烦恼纠结着，回想着自己过去和网友的聊天，的确有过打情骂俏。尽管那些都不过是玩笑，但着实欠缺矜持。

我认输，或许，我真的对爱人有过不忠。我麻木地在离婚协议上签字，手无握笔之力。

离婚后，我和建新商量着去新庄那边一起吃个饭，“我们曾在那上了几年学，那里到处都是我们留下的脚印。”我很煽情。建新说，“不去了，去了会难过的。”我独自一人去新庄，转悠于我和建新昔日追逐打闹花前月下的地方，恍然做梦。

我们有两套房子，都在城南。建新带走儿子，我回归单身。正式分开的那一夜，我和建新在夫子庙一家饭店吃分手饭。

建新轻描淡写地说：“我们之间，最好的结果就是分开。”“因为我背叛了你。”我笑着说。“我不爱你……了……”建新努力地看着我。我说：“你爱上别人了。”建新沉默。我们僵持着，僵持着。

“你毁灭了我爱的底线。”建新再次开口，我对自己充满愧疚，回忆昨天，我确有不足之处，我不是好妻子，背着老公和别的男人出去唱歌，没有和他实话实说；我还收过男网友送过的玫瑰，没敢带回家；我收到过别人的暧昧短信，还给人家回复了……我，我的爱情王国真的布满尘埃，原来我早已不再纯粹。我请求建新原谅我，我向他发誓“我的身体没有出轨”！建新说，“都不重要了。”都不重要了。2010年7月，我成为单身女人。

2010年9月初，我去学校看儿子。撞到建新拉着一个女人的手，那个女人是我儿子学校的老师。刹那间，我好像被闪击击中，整个人瘫软成泥。我被眼前的画面惊醒。

编者心语：

原以为女人经营爱情用心，男人只用身体。看来并不尽然。有如此心机，真令人毛骨悚然。男人抓住把柄，得以咆哮不已，貌似QQ聊天是罪魁祸首，其实，心机生出之后，生活中就充满把柄了。离开此种男人，又何尝不是一种幸运？

23.你把我的爱情带走，从此我一无所有

关键词：梦幻

主题：涛文用信誓旦旦的爱，把我从南昌带到南京。我跟随涛文来到南京后，现实令我忧伤。涛文的背景太复杂、可怕！他费那么大劲，特意去南昌骗我全家，就为了把我骗到南京来给他做小三？

和涛文初次见面，我们像老朋友亲切拥抱

涛文和我网上断断续续聊了两年，他满足了我对爱情的所有幻想。

我一直以为，爱情是我生活的全部。涛文正是我要找的人，他和我视频过，也给我寄过照片。俊伟的外形，棱角清晰，眼神霸气。我喜欢强势的男人。

涛文给我发短信的规律是上午3条，下午4条，晚上5条。只要条数一满，所有的话题戛然而止，“有啥明天再说！”他不愿妥协。

我的饮食起居，涛文了如指掌。他懂得在适当的时间提醒我做适当的事。他问我最多的问题是：“什么时候嫁给我？”

2010年4月，我委婉地告诉涛文：“我大学毕业还没有一年，不过也能嫁人啦。家里总是催我相亲，你要想把我带走，必须经过我父母同意。”“我们还没有见过，刚起步就去见你家人哪？”涛文半信半疑地说。我说：“你能说服我家人，我就毫不犹豫地跟你走。”

这也是我对涛文的试探。他口口声声说爱我，“为你，我什么都

能干！”我信赖涛文，“为我，你来把我带走吧！”

没过几天，涛文真的从南京来到南昌。

我到火车站接他，这是我们初次见面。我和涛文像老朋友似的亲切拥抱。“来了啊！”我说。“等急了吧！”涛文说。

“我哥哥在车站外等我们，”我贴在涛文身边，小鸟依人，“我对家人说，你是我的校友，好让他们容易接受。”涛文紧拉我的手，“别怕，我这次来，肯定能把你带走。”

我哥接过涛文的皮箱，和涛文握手。涛文能说会道，两人谈笑风生。父母对涛文的到来无比重视，他成为我家的座上宾。

涛文在南昌停留五天，和我的家人促膝长谈，信誓旦旦地说要好好照顾我。他带我小侄女去逛街，我陪伴左右，观察着涛文的细心，给我小侄女系鞋带，弯下腰，像慈父。

涛文说我学的外贸专业，到南京发展比待在南昌要有前途。他想把我直接带往南京，“到南京先工作，等安顿下来，再考虑结婚。”

家人同意我去南京，他们和我一样，对涛文真诚的表现表示欣赏，“这是个值得托付的男人！”

我的这个带有冒险性质的计划，经过涛文的完美演绎，结局出奇圆满。我爸和涛文开怀畅饮，嘱咐涛文，“你是有备而来，我无法提出阻拦你们交往的理由，希望你们好好相处。”父母的开明使我热泪盈眶，他们赞成我和涛文的爱情，大胆地将我放飞。

离开南昌之前，涛文深情地在我亲人面前发誓：“静月的幸福，不只是你们的心意，也是我的心意。等她安顿好，我接你们去南京看看。”

我枕着他的胳膊，只有爱情才能如此默契

飞机降落。走出禄口机场，我从梦中醒来，天哪，涛文真把我带到了南京。

“是不是半信半疑？”涛文抚摸我的头，怜爱地说，“这是南京，以后你的家就要安在这里。”“你爱我吗？”我心潮澎湃，傻乎乎地靠在涛文身上，“你要爱我！”

“爱你！”涛文揽着我的腰，“上车到市区，先到我那住下休息几天，再给你安排工作。”

大巴开往南京市区，我的心七上八下。涛文说：“起初我也忐忑，没想到这么顺利，真把你给带出来了，我们的感情天地可鉴。”

我对南京不熟，跟着涛文走下大巴，再转出租车。我们被拉到奥体，涛文问我对南京印象如何。“比南昌大，高楼也比南昌多。”我说不出太细致的感受，“好多法桐树。”“你会喜欢南京的。”涛文说，“我飘来飘去，31岁飘到南京，突然就不想走了。”

说着说着，涛文引领我迈进家门，“这个两室一厅的房子，是我特意为你租的。”“什么时候租的？”我纳闷。“去南昌之前。”涛文说，“也不知咋回事，我预感肯定能把你带过来。所以，先把房子租好。”

我参观房间。家具一应俱全。卧室干干净净，米黄色的床单，浅蓝色的被子，红色的枕头套。“这些颜色，你和我说过。”涛文真是细致入微，他说，“希望你喜欢。”

我躺下，床铺很软。紧张了很多天，此时此刻，一根弦彻底松懈，发自身心的轻松，我身轻如燕，“过来抱抱我！”我主动召唤涛文，涛文不急不躁地横卧床面，轻柔地托起我的头，我枕着他的胳膊，脑海一片宁静。我们认识好久，这样的亲密接触曾经只能想象。涛文风度翩翩，他说过，“你不让我碰的话，我连你的睫毛都不会碰。”他说到做到，是我先提出让他过来抱抱我。

我们一句句闲聊，暮色从窗外溢进家中，房间渐暗。涛文动手解我的衣扣，我默默然地配合他。他呼吸平和，动作温和，语言亲和。

这画面在我的梦里出现过无数回，现在，正活灵活现地上演。比梦境更自然，收放自如，你情我愿，爱意绵绵。“得到你，是老天成全我们，我被你的气息打动有两年了，我耐心地等待，等待这一天……”涛文的情话也像是我的心里话。只有真正的爱情才能如此默契。

我穿着睡裙冲向客厅，一个胖女人气势汹汹

我在奥体住到2010年8月，逐渐适应南京的生活。涛文介绍我去他朋友的公司上班，工作不是很累，而且紧靠家门口。

通常，涛文每周陪我两个晚上。我问他：“你是不是还有房子？”“是啊，在江宁，有时我忙得太晚，干脆就住那边了。再加上我出差频繁，经常待在外地。”涛文说，他作为公司的总经理助理，大部分时间都属于工作，“上次去南昌接你，是我花很大劲从老总那要来的假期。”涛文只字不提结婚的事，也没说要带我去他江宁的房子里看看。南京于我而言，还比较陌生。这个城市，我没什么朋友。涛文不在身边的日日夜夜，我依然能收到他发来的短信，和过去一模一样，每天12条。涛文说：“最近公司要增加一名副总，我的非常时期，你可不能给我添乱，乖乖地等我忙完。”

生活空虚，我没日没夜地睡觉。8月底的一天傍晚，我昏昏沉沉地睡着，隐约感觉有人敲门。记不清敲了多久，我软绵绵地爬起来，侧耳倾听，果然有人敲门。

涛文回来了？我顿时精神焕发，穿着睡裙冲向客厅，去开大门。门咯吱推开，一个胖女人气势汹汹冲进来，我差点被吓瘫。

“还玩金屋藏娇，哼！”胖女人在房子里绕了两圈，指指点点骂骂咧咧，“花老娘的家产养别人，不见棺材不掉泪，你吃下的我都要你给吐出来！”“您是不是走错门了？”我很有礼貌地说，“如果您是走错门的话，现在请出去，我可以不报警。”“没错！我是涛文那混蛋的老婆。”胖女人更凶了，“你真以为他在你身上花的钱都是他

自己挣的？都是老娘的家产，我家的钱！你不知廉耻，才多大，刚毕业的小丫头片子，不好好做人，非要做鬼……”

我僵住，腿软心慌。胖女人离开的时候，我连说话的气力都没有，给涛文发短信：“再不过来，我快死了。”三个小时过去，涛文来把我拉上床，他浑身汗水，没等我质问已先开口：“我和她哪里还像夫妻？她太粗俗，但公司有她一半，我也没办法。跟你说太多也没用，你要相信我，我正在努力处理这事。一旦她答应签字，我立马和你去领结婚证……”

编者心语：

一切都有条不紊，包括床第之欢时的细枝末节；一切都深思熟虑，包括东窗事发后的虚弱承诺。有条不紊，焉知不是经验所积；深思熟虑，焉知不是精于算计？年轻的女子啊，如此男人，又如何能托付终身？

24.她像大海里的一滴水，融在茫茫的南京城

关键词：夜场

主题：这是我不愿看到的结果，我疲惫地回到家，丽莎走了。妹妹说："没有人逼她走，她心里虚得很，其实你比我清楚。"我气得颤抖，"她以前是个小姐又怎么了？比你小照样能做你大嫂！"

我们部门的头条禁令就是：不准碰内部的公主

我今年33岁，还没有成家。置身花丛，难免心动。我长得高大威猛，颇有气势。老板对我很器重，他时常嘱咐我：你要带好头，千万别和她们玩感情，否则绝不饶恕你。

我主要负责公主们的考勤和考核。

"3月我是全勤吗？"2009年4月初，一位公主询问她的考勤状况。我抬头，微笑，"哦，丽莎啊，你全勤。"丽莎刚过20岁，是老板眼里的红人。

其实我刚接手这个工作不到三天。我喊出丽莎的名字，她惊讶地看着我。大大的眼睛一眨一眨，像明星赵薇的大眼睛，太生动了。那是一种说不清的感觉，清新如水，勾魂夺魄！"什么时候认识我的？"丽莎歪着头，她披肩的黄发松松垮垮，盖住我迷蒙的眼神。

"你最漂亮！"我提醒自己别走神，"看一眼就能记住。""骗人！"丽莎轻盈地笑，小嘴像含着一颗樱桃，"你是骗子。"

丽莎从我身边溜走，我又走神了，好半天才清醒过来。

丽莎主动约我喝咖啡，我挺害怕她摘下眼镜

丽莎的业绩遥遥领先，为她欣慰的同时，我心里很堵。

每天，丽莎花枝招展地从我面前晃过，我都想抓住她。2009年秋天，丽莎主动约我喝咖啡，我不敢赴约。

“别人请我喝咖啡，都要给钱。我请你，你还不赏脸。”丽莎不悦。我说：“咖啡太苦，不喜欢。”“放糖嘛！”丽莎笑我土，“也不知你是不是装的，装着对我留意，却又不声不响。”

我无话可说，沉默。丽莎说：“等我短信，不赴约后果自负。”

我们约在新街口的星巴克，时间是上午。丽莎戴着大墨镜，悄无声息地坐我对面。我挺害怕她摘下眼镜。“还是戴上眼镜好看。”我说。丽莎手中的小铁勺碰响瓷杯，声音清脆，她慢条斯理地说：“现在说实话了，原来我只是戴上眼镜好看。”“不是，不是！”我辩解，“都好看，都好看。”

“搞不懂，你都30多了，老男人了，就跟没谈过恋爱一样。说几句话还脸红。”丽莎摘下眼镜，“还没恋过是不是？”

“小点，小点声，”我东张西望，还好，没人盯向我们，“你喊那么大声干什么！”“做贼啊！”丽莎提高嗓门。旁边好几双眼睛“刷”地射过来。我笨拙地搓着手，木讷地去端咖啡，“你这是干啥？”

丽莎把两个糖包拆开，往我的杯子里倒，“差点忘记，你怕苦，哈哈，你怕苦。”我无地自容，想夺门而出。

丽莎掏出小镜子，旁若无人地描眉。我埋头喝咖啡，一肚子话想说，一个字也吐不出。

丽莎好像没醉，她的身体在红沙发上连绵起伏

有一天深夜，丽莎醉醺醺地扑进我怀里。

我脸色大变，身边三个男同事和我一样大惊失色。丽莎抱住我脖子，湿漉漉地吻我的脸。

我搀扶丽莎，喊同事过来帮忙，把丽莎扶进小包间。“疯了，她疯了。”我想把丽莎丢沙发上，她像胶水，粘连我。“兄弟们把她拽住。”我急躁，“纯属偶然啊，你们也都看到了，老板要是问话，可要给我证明。”

“你做贼心虚……”丽莎好像没醉，她口齿清晰地说，“你要是清白的，根本不用担心老板问话。”

我立刻怔住。

几个同事闪身而出，他们肯定以为我和丽莎有着不可告人的关系。

“你给我规矩点。”我训斥丽莎，“别拖我下水。”“谁拖你下水了。”丽莎双眼紧闭，“你要是没打我的主意，我能拖你？”

“你要是没醉的话，赶紧把手松开。”我汗流浃背，老板要是知道的话，全完了，“老板要是问话，我就混不下去了，这样的例子你又不是没听过。”

丽莎还是没有松手：“看到自己喜欢的女人，还畏首畏尾，老板要是跟你翻脸，你也跟他翻脸，把我带走。我跟你远走高飞。”她嘴里酒气袭人，但不像是说酒话。

包间里静悄悄的，我仔细观察丽莎，她的手臂和双腿在红沙发上连绵起伏。一股热血涌往我脑门，我没忍住，低下头，吻住丽莎。

第二天，丽莎给我发短信，她要请假休息一天。还要我到逸仙桥她的住处看她。我在犹豫中踏进丽莎的房间，“哪里不舒服？”“舒服着呢！”丽莎说，“主要是想和你说说话。”

我站在窗前，呆滞地盯着窗外出神。许久，我轻轻喘气，“做我女朋友吧！”“那你还能忍受我陪客？”丽莎问，她的问题其实也是我的疑惑。

“你身边，有钱的人如流水，怎么看上我了？”我反问。丽莎说：“他们才不会爱我，那些都是逢场作戏。我不是傻子。”“如果你是我女朋友，我不愿让你做那些恶棍的公主。”我认真了，“要不咱不做了？”

也许我的情绪过于激动，丽莎被感染，她目不转睛，脸色漠然，“你以为我想做啊！我受够了那些男人。当初来这里，是老板在另外一个酒吧把我拉来的。”

怪不得丽莎在老板眼中举足轻重。我不想过多地追问她的过去，那会增添我的烦恼。丽莎问我到底看上她什么？“漂亮！傻！”我果断地说，“你看上我什么了？”“你很坦诚。”丽莎说，“你长得高大，能给我安全感，能把我从这种生活中带出来。我一点也不想过那样的生活，我走错路了……”

我长得很高大……原因这么简单？丽莎说：“我观察过，你特别想接近我，而且没什么坏心。”

她不是过日子的女人，妹妹用异样的眼神观察丽莎

丽莎和我不知不觉走到了一起。时间不长，老板大发脾气，“去查查丽莎的业绩为什么直线下降！”

老板还安排别人来查，纸包不住火。和我关系好的一位同事暗地里说，“带上丽莎赶紧走，夜长梦多。”我清楚，以老板的脾性，一旦他发现真相，我和丽莎都将被他处置。这事说小也小，说大的话，老板收拾我们易如反掌。

我急匆匆带丽莎离开夜场，并留下一封言真意切的辞职信给老板。走之后，同事告诉我，老板暴跳如雷。我脊背上直冒冷汗，那种惊悚感，直接爬到发根，我战栗。

我把丽莎带到扬州老家，索性离开南京。丽莎是安徽人，她曾满

怀憧憬闯荡南京，现在被我带到扬州。

走进我家门，我的家人无比欣喜，“30多岁的人，到底还是带了个女人回家。”丽莎在夜场养成的痞性收敛了，她那花哨的衣装都送给了南京的姐妹，最后在金桥市场买些衣服穿到扬州。温润、朴实、简简单单。

只有我妹妹，表面上她和丽莎有说有笑。她用异样的眼神观察丽莎，一次又一次，想了解丽莎的过去。丽莎说，“我和你哥是相亲认识的，他问我是否愿意到扬州来生活，我答应了。”妹妹问我：“丽莎到底是做什么的？”“她在广告公司上班。”我说，这是我和丽莎事先设定好的答案。

“她脸上有妖气，哥，你别跟我撒谎，她以前到底是干啥的？”妹妹的话没有动摇我的意志，她不相信漂亮的丽莎能爱上我，“她虽然比我还小两岁，可实际上呢，我好像比她小两岁，她很老练。”我说：“你这是不信我的实力，她偏偏喜欢我，现在的年轻女孩都喜欢我这样的大龄男青年。”

妹妹刚大学毕业，她工作清闲，有大把的时间来研究我和丽莎。有一天，我刚到家门口，听到妹妹大声叫嚣：“你是个狐狸精！”“你才是狐狸精！”丽莎反驳。

我没有立即进屋，悄悄回避。时间不长，妹妹和丽莎的短信先后发到我手机上。妹妹说：“哥，你别再骗自己，她不是过日子的女人。我今天亲眼看见她从一个足疗室出来！还和几个男人打情骂俏。”丽莎说：“你妹妹始终用提防的心对我，她好像知道我的过去，你妈也不怎么喜欢我了。”妹妹和丽莎的短信我都没回，关机。那一夜，我没有回家。

这是我不愿看到的结果，我疲惫地回到家，丽莎走了。妹妹说：“没有人逼她走，她心里虚得很，其实你比我清楚。”我气得颤抖，

“她以前是个小姐又怎么了？比你小照样能做你大嫂！”我知道，丽莎又跑回了南京。2010年6月，我重返南京工作。我的昔日同事说，似乎再次看到过丽莎。她绝情地消失了，像大海里的一滴水，融在茫茫的南京城。

编者心语：

人非葛麻，淄而难洁；人心如水，长流常新。对己而言，摒弃前尘，虽非易事，但并非挟泰山而超北海；对人而言，常怀宽宥，但可春风化雨。正所谓严于律己，宽以待人。

25.推开房门，老公正给我姐做按摩

关键词：姐妹

主题：和姐姐相比，我几乎什么都不如她。从小到大，她顺风顺水。她的道路几乎成为标本，“你看你姐……”，我被这句话刺激得快要窒息。现在，连我老公也对她动了情。

姐姐端着一杯红酒，我将目光落在姐夫身上

小时候，姐姐的学习成绩比我好，父母和老师都宠爱她。

2001年，姐姐从苏北考到南京读大学。父母像往常一样，又开始教育我“要向姐姐看齐”！我对姐姐的反感随着她的愈发优秀而升温。

2003年，我也考到了南京。姐姐对我的关心让我压抑，我不喜欢姐姐。姐姐还偏要说：“周末就来我这，想吃什么我给你做。”我很不耐烦，好像我很贪吃似的。

姐姐大学毕业顺利进入南京一所中学当了老师，姐夫是企业高管。姐姐的道路几乎成为标本，“你看你姐……”，我被这句话刺激得快要窒息。

我的老公新生和我是大学同学，他的平庸和姐夫的出色形成鲜明对比。2009年3月，我的婚礼现场，姐姐和姐夫都来了。新生问我：“那是你姐？”“是她。”我说，“你又不是没见过。”新生说：“根本没见几次，你和你姐的关系为什么处不好呢？她看上去很亲

切……”

生活中，我一直和姐姐保持距离。新生知道我姐住在河西，他搞不懂我始终回避和姐姐的接触。

姐姐端着一杯红酒，祝福我和新生。我将目光落在姐夫身上，不想和姐姐对视，哪怕一秒我也不想。

我略有妒意，他对我姐姐如此热心

新生是南京人。追我那会，他说父母在政府机关工作。最终，我委身于他，才慢慢知道他的底细，他的父母只是曾在事业机关呆过。好在他的家庭条件还不错。

我是新街口一家公司的文员，新生在江宁一家公司工作。我原以为他能实现昔日勾勒出的未来蓝图，结果呢，他的能力和潜质令人失望。他活在想象中，反正能吃父母的老本。我爱着这个稀里糊涂的男人，他的平凡掩不住他的感情真挚，他看电影会流泪，看到乞丐会施舍。

嫁给新生，我渐渐丧失了和姐姐攀比的冲动。她的繁花似锦跟我无关，我愿意守着自己的一小片天空，细看小桥流水，平平淡淡地过吧，新生不如姐夫有能耐又怎样，并不影响我的幸福。

这也是新生灌输给我的生活观。“你只有一个姐姐，那是你的亲人，别板着脸对她。没有深仇大恨，至于那样仇视吗？”新生劝我，“况且两家都在南京，从城东到河西也不用翻山越岭，我们应该常去你姐家玩。”

促使我和新生去看姐姐，是因为姐姐和姐夫闹起矛盾。我第一次看到姐姐的眼泪。

2009年8月底的一个周末傍晚，新生把我拉上车，“你姐出事了。”“我姐出事为何你比我先知道？”我问新生。“等会亲自问你姐去！”新生表现出的急切让我禁不住感动，他对我的姐姐如此热心……又让我略有妒意。

我对姐姐充满同情，她掩饰不住内心的恍然

姐姐歪在客厅的沙发上，室内灯光昏暗。无精打采的吊灯散发着浅黄的光亮，铺落姐姐的半边脸，她的另外半张脸被手臂掩映，面色半明半晦。姐姐的皮肤松弛了，她神情懈怠。“怎么了？”我坐姐姐对面，淡淡的香水味飘来，姐姐潸然泪下。

嗫嚅半晌，我听明白，姐姐与姐夫吵架了，她怀疑姐夫出轨。姐夫和新生在另外一个房间，他们的谈话声忽高忽低。“我出差频繁那是再正常不过的事，查我短信就罢了，还发短信问我客户……”姐夫的声音不大不小，想让我和姐姐也能听到。

姐姐的家庭，外表金光闪闪，竟也有这样的事，外人肯定无法想象啊。我还真以为姐姐永远都是花朵，从来只享受阳光雨露。

想到新生虽然没有姐夫有本事，但他对我一心一意。我对姐姐充满同情，她光鲜而坚强的外表掩饰不住内心的恍然，“也许是我太追求完美了。”姐姐头一回对我说起心里话，“我不愿看到自己的生活有一点瑕疵，半点也不行。”“何必这样呢，你看我，你看新生那个笨蛋，我们哪里如你们？”我安慰姐姐，“我们照样过得快快乐乐。你非跟自己较劲。”

“没事多去我们那玩。”新生走出房间，“姐夫出差，你去找你妹玩就行啦！”“本来就是，和自己的妹妹同在一个城市，还怕没地方玩。”姐夫跟着走进客厅，“整个暑假，你姐都闲疯了。还跟我吵架！我都要累死了，还跟我吵！”

姐姐没说话。我护着姐姐，冲姐夫喊：“有你这样说话的吗！你说你忙，你忙得家都不要，是不是连我姐也不想要了。敢欺负我姐，我饶不了你。”姐夫宽厚地笑起来，被我说得哑口无言。新生打圆场：“好啦，好啦，一起出去吃饭啦！都饿着呢，想吵架都没力气。”

姐夫开车，我们去向阳渔港吃鱼。晚上，姐夫喝醉了。新生把姐

夫送回家，再开他的车带我和姐姐去唱歌。

我们去水西门一家KTV唱歌，新生滴酒不沾，他要开车。我和姐姐各怀心思，像是冰释前嫌。我们的话不多，碰杯喝酒。一首接一首地合唱着我们都会唱的歌曲。“你说明天就等明天/明天似乎离我太遥远/我在思念只能思念/用思念填充没有你的夜……”姐姐醉意朦胧，她声嘶力竭地歌唱吓倒我，她的歌声哀怨。不久，我也烂醉如泥，唱不出声，我开心极了。

第二天早晨，我醒来，看姐姐躺在身边。姐姐仿佛和我同时睁开眼睛，她也看我。

“昨晚你们都醉了，幸亏我没醉。”新生说他费了好大劲才把我们弄上车，再背回家。

刚才你们在干什么，我只是给你姐做按摩

我和姐姐终于回归到亲姐妹本该拥有的亲热。

姐姐没事便跑到我家，我们一块逛街，谈家长里短。新生比姐夫闲多了，他有大把的时间掺和进来。

2010年8月初，姐姐暑假去外地旅游刚回来那几天，往我家跑得很勤，每次都给我捎件礼物。我说：“不能一次都给我带来啊！”“那样的话，你对我的到来就没有期待了嘛！”姐姐说。

8月中旬，有一天，我身体不适，下午三点，提前下班。在新街口上地铁之前，我想给姐姐打电话要她来陪我。挤上地铁，我忘记打电话。恍恍惚惚到家，我迟钝而疲软地开门，动作轻缓。

阳台的玻璃门没关，布帘随风摆动。我连换鞋的力气都没有，好像发烧了。我光着脚走向卧室。

推开卧室的门，姐姐衣衫不整，她想从卧室出去，我正要进来。

我是不是在做梦呢？

新生慌慌张张：“这么早……下班……回来了？”“刚给你送东

西，去看看还喜欢？”姐姐潮湿的鬓角泛着亮光，她穿着短裙，羞涩而平静地和我擦肩而过。新生穿着短裤，他想在有限的时间内穿上长裤，可为时已晚。

要是我刚才进屋速度快捷，看到的画面会是什么样？要是我再迟点回家呢？“这是我家吗？”我倚在门上，头重脚轻，耳边是轰鸣声和自己的呼吸声。房门被我倚靠着滑动，我像要飞起来。

新生过来扶我，我已经跌倒。

我重新睁开眼，新生和姐姐站在床头左顾右盼。“醒来了！”新生喂我喝水。

我喝下几口水，问姐姐：“给我带的礼物呢？”姐姐变魔术一般把一件灰色的披肩递到我眼前，“在丽江给你买的。”

“刚才你们在干什么？”我语调平和地问。新生说：“你姐偏头痛，我帮她按摩的。”“按摩的？”我说，“那好，也来给我按摩，我头也很痛。”

新生低下头，他的双手贴近我的太阳穴。“我后脑勺疼，不是太阳穴。”我迷迷糊糊抬起手臂，想抓住新生，我的手臂伸到半空，突然又落了下来。新生抱住我，姐姐摁住我的腿，我的癫狂和咆哮爆发得短暂，熄灭得突然。

“别这样，别躁动。”新生把我从地面抱回到床上，“我只是给你姐做做按摩……”

编者心语：

人心是个怪物，对外人或许坚硬如盾，刀剑难伤；但对至亲则柔软如绵，一个眼神即可使之成为碎片。对亲人不可不柔，但柔不能无骨；对外人不可不柔，但亦需柔中有刚。男女之情有时像极了水蛭，吸血入骨。因此，一定要有理性，能掌控。否则，人与动物就大大接近了。

26.爱情死于距离死于背叛

关键词：异地恋

主题：我在南京，永春在上海。有一天，我们的异地恋突然变味了。在南京，我悄悄接受了宋浩的追求。我觉得自己愧对永春。后来，我才知道，其实永春在上海几乎和我同时背叛了彼此。

我嗅到玫瑰的香味，伏在宋浩的肩膀抽泣

我是比较讨人喜欢的女生，阳光、开朗。公司里，好几个男孩对我表示爱慕，他们说我可爱。我委婉回避，我怕选择其中一位的话，会得罪另外几人。

我要说的是宋浩，斯文而稳重，和我同在新街口一家写字楼。在电梯里偶遇两次，他竟喊出我的名字，还发短信到我手机上，告诉我他的名字。

“我打听来的。”宋浩略带愧疚，好像做错了事，“希望你别生气。”

我没有生气，又不是第一次被打听。再者，宋浩很面善，看上去不像那种不正经的人。我懂事地笑笑。

2009年5月1日，宋浩请我看电影。我正为一件事生闷气，想都没想就答应了宋浩。

看完电影，宋浩嘻嘻哈哈地评头论足刚才的剧情。我几次欲言又止，想问他，我对你并不熟悉，你咋把我当成了熟人？没等我开口，

宋浩说："和你在一起，亲切、自然，自由自在。也许我们冥冥之中早就是朋友！"

"你这台词背的，也太老套了。"我说，"不实在。""我说的都是心里话。"宋浩迅速回应我，"事宜速不宜迟，我开门见山地对你说，能否做我女朋友？"

我摇摇头："对你还不了解，而且你对我也不太了解。"宋浩坚定地说："透过你的眼睛，我早看懂你了。你适合我，就像我也适合你。""透过我眼睛你读到了啥？"我问。

"你干干净净，没有受过世俗的污染。我不会看错的。如果你信赖我的选择，那你肯定会幸福。"宋浩一本正经。我被晚风吹拂得飘飘然，扭头看宋浩，他变魔术一般手里拿着一束玫瑰。"要是不答应你，好像都是我的损失。"我说，"不过，你的速度也太快了！这么快答应你，你肯定不会珍惜我。"

宋浩拦住我，我嗅到玫瑰的香味。马路边车来车往，这样的场景我在电影里见过。有点浪漫，有点梦幻。被人追求的感觉，兴奋、窃喜、满足，我冷不防地伸手，接过鲜花，接过了自己的爱情。

"跟你实话实说，看到你，我冒出的第一个念头就是，你不会拒绝我！奇怪吧？"宋浩得意的神情掩饰不住他内心的万马奔腾，"看到你，我知道，你就是我的女朋友。"

我觉得这一切迷迷糊糊的，我毫无思想准备，出来陪一个还不熟识的人看场电影，然后就成他女朋友了？"你可能会感到失落，太突然了！"宋浩仿佛看穿我的心思，他动情地说，"我忙得太快，那是怕你被别人突然拉走。"

"是你的跑不掉。"我安慰宋浩，也安慰自己，"这就是你说过的缘分！""是的，缘分。"宋浩拉住我的手。我莫名其妙伏在宋浩的肩膀抽泣。我明白，这不是感动，也不是激动。

我们不辞劳苦，缠缠绵绵地奔走于沪宁线

2008年7月，我和男朋友永春大学毕业。永春去上海读研，我留在南京工作。

大学四年，我和永春的感情在吵吵闹闹中持续升温。他对我的好，是我们那批同学好友中的佳话。我对永春的黏糊，也曾让他充满男人的成就感。

永春去上海之前，和我长谈，要我跟他走，“我们生活在同一个城市难道不好吗？可以天天见面。我可以继续照顾你，你也不会孤单。”“你还要读书，还是让我去上海工作养着你上学吧！”这是我开玩笑的话，我说，“现在的工作是我爸安排的，去上海不可能再找到这样的好职业。何况，我妈不让我离开南京。”

我又何尝不想跟永春去上海？现实不遂人愿，我们都无可奈何。后来我们慢慢释然，“暂别或许能升华我们的感情，小别还胜新婚呢！”我和永春约定，每周见一面。2008年下半年，我们不辞劳苦，缠缠绵绵地相互奔走于沪宁线。2009年2月起，我们的激情渐渐平淡。永春说一周跑一趟太累。我埋怨他怎么变得没心没肺，其实我自己也感到了疲惫……

永春是浙江人，偶尔他还要回家。我的工作忙忙碌碌，周末需要好好休息。

不知是沟通的问题，还是分开的缘由，我和永春经常抱着电话大吵。我对他吼，“南京这么多好大学，偏要去上海读什么研究生，你根本不考虑我的感受！”永春对我叫，“你真像只井底之蛙，你放弃现在的工作来上海，我保证饿不死你。”

2009年5月1日，本来，永春说好来南京。哪知他中途又改口说要回趟浙江，家中有事。

和永春断断续续争吵的间隙，我答应宋浩，做他的女朋友了……

我给他打电话，一个女人的声音传过来

我巧妙地应付着宋浩和永春。周一到周五，宋浩陪我。周末，我可以去上海，和永春一起吃吃饭，看看电视，逛逛街……我们的距离似乎很遥远很遥远。

“不知道你的小脑袋里装了些啥……”永春时不时叹息，“和以前相比，有时候感觉你变得像冰块，是不是对我没有爱的冲动了？”“真可悲，你会有这样的想法。”我气恼地说，“你要是没有爱的冲动，请提前告诉我。”

2010年儿童节夜里11点，我给永春打电话，打两遍他都没接。打第三遍，他终于接听。“你好！”是女人的声音。

我看手机号码，没拨错。是不是串线了，“喂！”“你好！”还是女人的嗓音。我挂断电话，再打。“你好！”“你好！”一股血涌向大脑，这个女人深更半夜拿着永春的手机……

“你是谁！”我理直气壮。“那你是谁？”对方不紧不慢。

我说：“你让永春跟我说话，请你自觉点。”“等他洗澡出来。”对方呵呵地笑，“我要是没猜错的话，你是他前女友吧！其实，我们都是女人，反而好说话。再说他都和你分手了，你还来搅和他的生活干什么呢？有意思吗？人要活得有尊严。”

我的心被狠狠戳了一刀。“谢谢！你们……好了多久？”我压住内心的酸涩，低声地说。对方嗓门很大：“从去年儿童节开始算，正好一周年整。”

我的头脑嗡嗡响，2009年5月我悄然变成宋浩的女朋友，6月，永春立刻有了别的女人。“你们分手快两年了，真搞不懂为何还要缠着他。”对方的声音越来越刺耳，“女人的青春就这几年，你应该珍惜。”

“好的。”我心如死灰，“请让他洗澡出来后，给我回个电话，问点事。谢谢！”“没问题。”对方挂断电话。潜意识告诉我，永春就在她身旁。

我心里隐隐的撕裂的痛，像凛冽的冬风，一阵阵地吹我。我难过，烦躁。宋浩给我发短信，问我睡了没有。我不想回。

永春给我打来电话，我看看时间，正好刚过12点。“不好意思，让你久等。南京的天气怎么样？”永春非常客气，“都是你逼我，你逼得我无路可走。”

我心慌，难道永春早就知道我和宋浩的关系？“你什么意思你？”我没有被他的话吓倒，强烈地反驳他，“我们几年的感情，说丢就丢？你得给我一个说法，必须能够说服我。否则我让你身败名裂！”

永春咳嗽几声，他每咳一下，我的心就扑通跳一下。“首先，我想在上海发展，你只想待在南京。长痛不如短痛，我们早点分开，对彼此都好。”永春好像并不知晓我的秘密，他继续说，“其次，自从我们分居两地，我觉察出，你我只有爱，却没有共同语言了。简而言之，你和我在一起，已经没有丝毫恋爱的感觉。”

我说：“嗯，你给我们的分手……所找的理由合情合理。”“谢谢你的理解。”永春显然没有料到我能忽然冷静，他说，“我们都是成年人，应该懂得取舍，有舍才有得。”“你得到很多啊，羡慕你。”我平平静静地说，“这一年来，有两个女人陪伴你，幸福吗？”

永春没有直接回应我，沉默许久，他用无比陌生的声音轻轻地说：“没想到你的反应如此平静，也好，也好。希望你能幸福，其实你明白，我也舍不得你。可是，唉，很晚了，晚安。”

编者心语：

感情像汽油，一有缝隙就挥发出去，难以追踪。留下刺鼻的气味，还有失火的危险。由此，精心经营感情，及时修补感情至关重要。其实，让感情出现裂痕的不是距离，而是心灵。一句话，没有金刚钻，别揽磁器活。

27.你给的归宿感有生命周期吗？

关键词：秘密

主题：准备去领结婚证之前，我长了心眼，从法院了解到正斐以前的婚史。我傻眼。面对铁的事实，正斐也傻眼，他承认自己离过三次婚。他离婚的原因出奇地一致，都是婚外情。

我渴望被关爱，时常被自己的孤寂弄哭

我是一个贤惠的女人，与前夫离婚是因为他无法给我起码的安全感。2005年春天，我们感情破灭协议分手。

离婚之后，我从原公司辞职，不想和前夫再做同事。接着，我利用父母的关系，琢磨做生意挣钱。到2007年，我手头已有一定积蓄。

在忙碌的闲暇中，我时常被自己的孤寂弄哭。我渴望被关爱，渴望我的生活能有爱人做伴。2008年4月，我通过报纸发表征婚信息。5月，经过精挑细选，大我十岁的正斐悄然走近我。

几次接触，我觉察出正斐的细心温和，像宽厚的兄长。正斐请我吃饭，没有选择高雅华丽之地，而是普通的餐馆。“我是个实在的人，不喜欢花哨。”正斐如此解释。我说：“可大多数女人还是挺钟情花哨的哦。”“你一点也不花哨，”正斐说，“和我一样实实在在。这也是我和你一见如故心有灵犀的原因。”

正斐向我解释他为什么还是单身。“前妻生下的孩子不是我的，

这个伤害使我一蹶不振。这几年，我才慢慢恢复。”正斐反问我，“你呢？”

我说：“我没你那么复杂，离异只是因为他给不了我幸福。”“你想要什么样的幸福呢？”正斐问我。

“我想有个孩子，有个温馨的家。”我充满期待地说，“大富大贵对我没有诱惑力，我只想做个幸福的小女人。”

正斐的脸上写满真诚，他的眼神直视我，“其实我知道你是个女强人，跟你相比，我太过平庸。但是，请你相信我，也许我能给你，给你你想要的。”

“这是你的表白吗？”我一点也不激动，而正斐的话使我倍感踏实。正斐说：“算是我的心里话吧，你要是不明白，我们再处处看。”

我们相处到2008年8月，默契地住到了一起。10月，我怀孕了。从医院出来，我兴奋地给正斐打电话，“我想和你领证结婚！”

我在无意中，看到他的车停在足疗室门口

我动员正斐辞职，来经营我创办的公司。

“我没这能耐。”正斐不乐意，“把你公司给败了，那可就是罪人。”我安慰正斐，“败就败，不怪你。我想生个孩子，过家庭主妇的生活。即便公司被你败掉，我们也饿不死的。”

我引领着正斐接手公司，他所表现出的热情令我欣慰。

2008年12月，我去医院体检，医生给我泼冷水，“胎儿不太健康！建议打掉。”“什么原因造成的？”“可能源于你老公抽烟喝酒。”我的脑海跳过正斐抽烟喝酒的画面，他确实如此，我怎么糊里糊涂像个傻子……

这次流产给了我很大创伤，我曾做过一次手术，当初是因为还没想要孩子。面对我无助的哭泣，正斐抓耳挠腮后悔不迭，“这可怎么办？这可怎么办？”他的急躁让我无法再对其埋怨。我淡淡地说：“我们得去领个证，有了结婚证才能约束你不抽烟喝酒。”正斐没说话。

接下来，我又一次怀孕，结果是，再次流产。这次是意外，下雨天走路上摔了一跤。

我深受打击，郁郁寡欢。正斐体贴我：“看来现在还不是我们要孩子的时候，再等等吧，没事的，会有的。”我悲伤地说：“这样耗下去，真怕这辈子生不了孩子了。”

我把公司的一切都交给正斐，包括之前还抓在手中的财务。我只想静下心来，好好修养身体。

因为悠闲，我经常在外逛来逛去。2010年5月，某傍晚，我在城东一家足疗室门口看到正斐的车，纯属无意，我随手打他手机，“你在哪？”“陪客户洗脚，你放心，很清白。”我高悬的心慢慢沉下，也是，这是洗脚而已，无缘无故心慌什么呢？

晚上，我有意偷翻正斐的皮包，直觉告诉我，真相没这么简单。正斐说我疑神疑鬼，“老婆你要明白，我经营的事业都是你给的，我只是为你打工而已。你说，我敢违背你的旨意，去拈花惹草吗？”

我说：“你说什么？我好像没有质问你，你不打自招？”

他把真相告诉我，豪情万丈地说只是想出口气

2010年7月。我发现公司的账目有些糊涂。

正斐若无其事，倒像是我在无中生有。当一个女人全心全意爱着你，你的一举一动她都能闻出其中的味道。

我把城东那家足疗室作为开头，希望能从正斐身上查到点什么。不查不要紧，一查果然有问题。

足疗师丽丽直接和我摊牌：“肯定是你自己有问题，你对他不好，看不住他，他才偷腥。”“你没有结婚是吗？你懂得破坏别人家庭是不道德的吗？”我的质问疲软无力，丽丽哈哈大笑，“你去问他还好啊？跟我缠，我懒得理你。”

我在足疗室附近默默等。正逢周末，每周这个时间段，正斐回家

都很晚。天快黑之前，正斐的车开过我眼前，刺眼。正斐刚下车，我拦住他。

“你好，郑总。”我说，“客户呢？”正斐笑着拉我上车，“老婆大人你真会开玩笑，我们回家……”

我被拉上车，正斐马不停蹄将车开到路上，“监督我工作啊！”他还能笑得出来。我说：“你和丽丽的事我知道了。”正斐踩住刹车，他装模作样，“你看前面那车开的，慢吞吞的。”

“别再装了，老实交代，否则你净身出户。你此刻拥有的财产，我能给你，也能收回。”我异常严肃。正斐对着窗外的月牙湖看看，再看看我，他像泄气的皮球。

正斐把真相告诉我，和丽丽说的一样。十年前，正斐追过丽丽。丽丽看不起他，嫌他没钱没势。十年后，30多岁的丽丽离了婚，做了足疗妹。与此同时，正斐摇身一变成为“郑总”，他轻轻松松把丽丽重新追到手。正斐竟然还豪情万丈地说：“我主要是想出口气！我失去的，一定要亲手拿回来。”

我强迫自己挤出笑容，昏昏沉沉地和他去领取结婚证

强烈的不安全感侵袭着我。正斐也被我威胁得够呛。

“我们得领个结婚证！”我说，“怪我们还没领证，约束不了你。”“是我的错，我会严格要求自己。”正斐轻声细语，恢复到我们认识之初那会，真诚极了。

准备去领结婚证，我长了心眼，从法院了解到正斐以前的婚史。我傻眼。面对铁的事实，正斐也傻眼，他承认自己离过三次婚。他离婚的原因出奇地一致，都是婚外情。

正斐无法再隐瞒我，他做出痛心疾首状，对自己的过去深表谴责：“我和第一任妻子A是初中同学，离婚是因为她忽然说不爱我了，我才去找别的女人。接着她恶人先告状，要跟我离婚。和第二任妻子B离婚，是因为我丝毫也不爱她，和她结婚那是我这辈子犯下的最大的错

误。我和第三任妻子C认识的时候，正好我也不想再和B过了。至于和C离婚，那是因为……我听说丽丽离婚了，去追丽丽。丽丽开始答应和我好，等我真离婚了，却又反悔。”

“丽丽是个爱慕虚荣的女人。”正斐慢条斯理地说，“她现在正眼看我，还不是看着我手头有点钱……”“对，那都是你的钱。”我打断正斐。他哑然。

正斐主动约我去民政局，去领证之前，我把心中的疑问全给抖出来。正斐显然没料到我会这样。

“你离婚基本上都是因为婚外情，因为婚外情和人家结婚、再离婚，然后又去找婚外恋，你还是人吗你？”我筋疲力尽，不是生气，也不是绝望，是一种说不清道不明的失望和失落。我爱着这个无法捉摸的男人，他的心依旧无法安定。

正斐吞吞吐吐地说：“难道……我给不了你……归宿感吗？”“你给的归宿感有生命周期，随时有可能戛然而止。”我的心口绞痛，想哭但哭不出来，“你照照镜子，看看自己是个什么样的人。我真是……我……我搞不懂为何还要对你好……”

“我对你的好是真情实感，请你相信我。”正斐拉着我去民政局。

我强迫自己挤出笑容，在昏昏沉沉中和正斐领取结婚证。这也是不得已而为之的办法，倘若不结婚，他已经有能力掌控我的公司。即便我和他鱼死网破地闹，他也能挪走大半。我清楚眼前的事实，领个结婚证，至少能给我找回几丝安慰。

编者心语：

感情，对于一方来说是蓬莱仙境，对于另一方来说则或许是斧钺刀枪；真诚，对于感情猎手而言是晋身阶梯，对于爱情追逐者而言则是可怖陷阱。爱情有风险，入场须谨慎。

28.爱情出租车只打表不收费

关键词：出租车

主题：车过中山门，我找个地方停车。“为什么停下？”佳雪问我。我没回答她，下车，她跟着下车。我打开后座车门，悄悄上车。佳雪往四周看看，心照不宣地跟着上了车。就这样，在我的出租车里，我们有了第一次亲密接触。

我仔细瞥她一眼，她脸上的雨水和泪水漫延

出租车缓慢地前行着。路边，有个身影远远地站在大雨中。

我放慢车速，靠近这个没有打伞的女人，发现她浑身抖动。

“要不要送啊？”我是出租车司机，看到眼前的生意不想错过，“去哪？”

她没有说话。我摇下车窗，朦朦胧胧觉察出她正抽搐。“要不要送？”我再次喊她，她无动于衷。

出于好心，我把车上的雨伞递给她，“来，给你把伞。”她这才正眼看看我，接过雨伞，并没有表示想要上车。

我说：“你肯定要生病。”这一天是2009年4月13日，天气偏凉，这样淋雨，身体吃不消。“谢谢！”她的嗓子像是喊不出声，“我没带钱……”

“没关系，下次再给。”我不好意思拒载。她拉开车门，像一件

刚从水里捞出的衣服，坐我右边。我有些后悔，车座全湿了。

“去哪？”我挂挡。她呆滞地说：“中央门。”

顺着中山南路往北，我不断加速，想让她早点回家。她不停打喷嚏，哆哆嗦嗦。车到新街口，她的哭泣声抑扬顿挫，情绪波涛汹涌，“不去中央门……去中山门……”

“你家在哪？”我没有理会，继续往中央门开，车到中山路了。我仔细瞥她一眼，她脸上的泪水这边擦干，那边漫延。她脸色苍白，30来岁的面容，脖颈白皙。

“我没有家，你随便开，车费我会给你的。”她说，“他让我滚，还打我一巴掌……”

“哦，原来是吵架。”我早猜到了，“别怄气啦，要你滚你就滚啊，你怎么不让他滚！”

“他结婚前不是这样的，结婚后全变了，事业不顺心，到家拿我出气……”

我没再附和她的唠唠叨叨，清官难断家务事，她此刻只需要一位耐心的听众。听着听着，我逐渐明了，她和老公不但是高中同学还是大学同学，恩恩爱爱好多年，两人太过熟悉，闹起矛盾来也能直接捅到对方的底线。她说：“结婚的房子都还是我家买的，他有啥，做什么败什么，我怎么瞎了眼跟他。和人开公司，被骗得一干二净，回来我骂他，他让我滚，还打我……呜呜呜……”

她主动来抓我的手，做十指相扣的动作

车到中央门，她又让我往河西开。到河西，她说：“我们还是回原路，我家在城南。回去给你拿钱。”

“以后补给我就行，没事。”我说，“小两口过日子，要互相包容，别吵，再好的感情也会被吵没的。”

“他要是能像你这样，我也不会受这罪了。”她说，“你会让你老婆滚吗？”我忍不住笑出声，“我老婆倒是让我滚过。”

车厢里生起聊天的氛围，她真能说，她说她大学时还是学生会干部，她要我叫她佳雪，“谢谢你今天帮我！”车到佳雪所住的小区门口，她让我别走，“等我给你送钱，半小时左右下来。”

没等两分钟，我接到一个电话，有老客户要我接送去镇江，赶时间。没等到佳雪，且罢，就当跑空车了。我得赶去接客户。

第二天下午，佳雪打电话给我，问我为什么不等她？“奇怪，你怎么知道我电话？”我反问。佳雪说：“我记住你的车牌号，打到你公司问的。”

我夸佳雪是个细心的女人。“你来接我，我发烧。”佳雪软绵绵地说，“一小时内能到吗？”

想到她还有车费没给我，正好去结清。我赶到城南，佳雪在小区门口徘徊。我鸣喇叭，她挥手。

佳雪重新坐到我的车上，一股病恹恹的气息，“谢谢！”她瘫在我身旁，有气无力。“你老公呢？”我问她。“出差，找门路发财去了……”佳雪说，“随便哪个医院，走。”

我往夫子庙方向开。到市第一医院门口，佳雪抓住我胳膊，“陪我看医生……”“不行！”我确实不想跟她耗下去，“我还要做生意。”

“你所有的损失，我双倍补偿。帮帮我，我走不动。”

我侧着脸，端详佳雪，她眼睛眨个不停，楚楚动人。“好！”我带佳雪看病，俏皮地说，“被我老婆或你老公看到就糟糕了。”

佳雪没回我，她扶我胳膊，气若游丝的样子。

我跑前跑后，帮佳雪挂号、测体温，护士准备给她挂水的时候，我说：“挂完水你就清醒了，自己回家再好好休息。”“你的损失我全补偿，别走。”佳雪要我坐旁边。

我坐佳雪右边。她半闭着眼，不知不觉间，她主动来抓我的手，做十指相扣的动作。我被吓一跳，这人定然被烧糊涂啦！

我想缩回自己的手，可是，某种说不清的欲望驱使我，我配合着佳雪的动作。她的手很软，手指修长，佳雪说过她会弹钢琴。

约两个小时过去，护士来给佳雪拔针。佳雪的神色不再奄奄一息，她略带羞涩收回自己的手。我懂，人在虚弱之际，都想抓住什么东西，她抓住了我的手。

佳雪说："太谢谢你了，我请你吃饭。""不用，举手之劳。"我说，"我得做生意去了。"

我们并肩走出医院，佳雪说她的腿还是有些软。我挽住她，鼓励她坚持住。

"算算车费，我双倍支付。"佳雪坐到车后座，侧躺着。我发动车子，打开音乐，陈奕迅的《不要说话》轻盈地流淌。佳雪说："你不吃饭，改日请你唱歌。"

"100块钱。"我思索，"没有多收。""100？"佳雪被开动的车子颠簸几下，轻微地"啊"几声，是那种娇滴滴的呻吟声，"我给你……200……"

"不义之财我不要！"我拒绝，"被你耽误的这段时间，就当是休息。"

"什么叫不义之财！"佳雪递给我200元钱，我没接，她直接扔我身上，"你这人好心，我还想多给你点。真不识趣。"

"谢谢！"我把200元钱捡起收好，"你需要好好睡一觉。"

佳雪往四周看看，心照不宣地跟着上了车

佳雪这次回去，很久没和我联系。

2009年12月的一天中午，我收到佳雪发来的短信："你来接我。"

我回电问佳雪什么事，“你还记得我？”“记得一清二楚，快点来，我等你。”她根本不考虑我是否正忙。

从此，佳雪有事没事就叫我开车去接她。事实上，她压根不是真要去哪。

2010年元旦中午，佳雪要包车去苏州。我调侃说：“去苏州，你得给我1000。少一分不去。”“少不了你的。”佳雪果断地说，“你要多少我给多少。”

我好言相劝，要她坐动车去苏州，“能省很多钱呢，而且很快。”“哪有你这样做生意的？”佳雪话锋一转，“你再不来我投诉你拒载。”

去苏州的路上，我几次问佳雪，“去苏州做什么？”“这不是你要问的。”佳雪总是把话题岔开，和我聊家庭，聊夫妻关系。“你和你老婆吵架吗？”佳雪最关心这个问题。我说：“哪有夫妻不吵架的，不过，我们吵完就好。”

“你老婆是做什么的？漂亮吗？”“漂亮，是一家公司会计。”

“哦！”佳雪盯着窗外凝神，“跟我比呢？”

我转移话题，“快到苏州了，是不是要我全程陪同？今天过节，我得早点回家。”

“可以抽烟吗？”佳雪叹气，掏出香烟，没等我开口就把烟点着，“我只是想离开南京，找个地方安静一会。”

我们在无锡停下，到无锡市区闲逛。佳雪说好累啊，“找个地方歇歇！”我说都傍晚啦，得抓紧时间回南京过节。

“我和老公的关系持续恶化，很闷很闷，不想待在南京。”佳雪说她只想找个陌生的地方发发呆。

我们进一家茶室，找个包间喝茶。服务员刚把包间的门带上，我和佳雪不约而同互相伸手，彼此拉紧。佳雪顺势坐我腿上，我环腰抱

她。“你为什么摇头？”佳雪问我。“没有为什么。”我还在摇头，“你比我清楚。”

佳雪抱着我的头，不让我摇。我说：“下来吧，服务员要送茶过来了。”佳雪起身坐回自己的座位。我们目光对视，从佳雪眼中，我什么也没捕捉到。也许，她也没有从我眼中捕捉到什么，因为我头脑空白，思维模糊，啥都没想。

回到南京，天黑了。路上急匆匆的车辆流水一样朝各个方向流去。车过中山门，我找个地方停车。“为什么停下？”佳雪问我。我没回答她，下车，她跟着下车。我打开后座车门，悄悄上车。佳雪往四周看看，心照不宣地跟着上了车。

我上车的那一瞬间，耳边安静得可怕。远方灯光闪烁，我不敢东张西望。

就这样，在我的出租车里，我们有了第一次亲密接触。后来我们有了第二次第三次……迄今，我都数不清我们总共有多少次……一晃快一年了。

编者心语：

有一个词叫“车震”，专门摹画男女在车中的激情演绎。直白而又含蓄，什么都未说却又道尽了一切，诱人遐想，令人面红耳热。车震是可以看到的，心里的震动恐怕只有自己知晓了。车震是可以结束的，然而心震则没那么容易结束。地震之可怕，人们从海地的废墟可体味得到，心震恐怕也并非全是浪漫和享受……

29.我隐瞒年龄，和小我10岁的已婚男人恋爱

关键词：秘密

主题：爱上比我小10岁的已婚男人，我逼他离婚。就在他告诉我离婚的事指日可待之际，我恍惚不已，迄今，他还不知道我的年龄，他若离了婚，和我去领结婚证的时候，看到我已39岁，会不会后悔？

我和朝亮通过一个朋友聚会有了点头之交。2010年4月，我们再次碰到一块，还是因为朋友聚会。

朝亮在给我敬酒的间隙，有意无意地讲着，“我们是有缘人啊！”我对朝亮格外留意，他长得很精神，长长的头发，蓄着短短的胡须，戴一副黑框眼镜。朝亮的名片上写着：“设计总监”。“29岁就是设计总监了，”我夸他，“年轻有为”。

朝亮身上有一种艺术气息，我喜欢这种感觉。他说有机会给我画像，“不知道能否有幸？”我赶忙谢绝，“不行啦，年龄大了，不上镜。”

“还不知有没有我大呢！”朝亮说，“女人都喜欢装小，你偏偏要装老。”

我相信朝亮确实没有看出我已经39岁，我保养得很鲜嫩，脸上没有皱纹和雀斑，皮肤水灵。“要是知道我年龄，保证吓死你。”我想告诉朝亮我比他大10岁，我越想认真，他越是不信我的话，朝亮说：“你也就30来岁，别倚老卖老了，我虚岁也30啦！”

他喝下一杯热水，复述着自己婚姻不顺

2010年4月底的一天上午，朝亮来到山西路，他给我打电话，“我在你们公司楼下，想找你帮个忙。”

我和朝亮初次单独碰面，他装着要找我办事，和我左一句右一句地闲聊，其实啥正事也没有。他问我家住哪里，老公是做什么的。我告诉他，家住龙江，前夫出国了，现在是单身。

“啥叫现在是单身？”朝亮的眼睛一闪一闪，“两地分居？”我说：“是离婚！他不想回来，我不肯出去。结果就是你现在看到的。”

朝亮抓抓头，“你老公，不对，你前夫多大？”“四十多岁。”我说。“真老，老夫少妻。”朝亮俏皮地说，“比你大将近二十岁，离掉好，不能糟蹋自己。”

我略带伤感地回忆着和前夫的点滴往事，禁不住沉默。

朝亮歪在我办公室的沙发上抽烟，他的长头发耷拉着，无精打采。

窗外的风吹动着梧桐叶。室内静寂无声。记不清我们各自发呆到何时，我漠然地抬起头，朝亮合上的眼皮关不住满眶的泪水，他咬住下唇，防止抽泣声从喉咙里跳出来。他像一座倒下的雕塑，控制不住自己的脆弱，几近失声，歪歪斜斜。

“什么事让你这样……”我承认，朝亮的举动吓到我了，同时也荡起我心底的母性情怀，我忍不住走过去抱住他，他的身体忽而安静，忽而抖动。

“果然是艺术家，太敏感。”我想以最快的速度把朝亮哄好，“刚才还好好的，来，擦擦脸……”

朝亮迅速调整自己，笑着说，“对不起，突然间……太难过了。”朝亮喝下一杯热水，他像复读机一样复述着自己婚姻的不顺，

老婆懒惰狭隘，“我痛恨自己当初漂泊到南京那会太过孤独，寂寞难耐，饥不择食，才娶了她。她非但没有给我家的温暖，反而增添了我的清冷和孤寂。和她没有任何感情可言，这种日子离我想要的亲亲热热的家庭生活太过遥远……”

我把最后一道窗帘拉上，朝亮轻飘飘地来到身后

朝亮把我当成他的知心朋友。

我们隔三差五聚到一起喝茶聊天，我喜欢朝亮感性的一面，清脆易碎。他坐我对面抽烟，聚精会神地看着天花板一言不发。烟灰零零散散坠落衣袖，他的忧伤一言难尽。我被朝亮的忧郁迷住，傻傻地倾听着他对生活的埋怨，他痛楚的脸庞写满对温情的重新渴望。

2010年儿童节傍晚，朝亮约我去水游城喝咖啡。我赶到咖啡馆，朝亮竟还没到。我打他电话，他一次次掐掉。我发短信，他不回。

夜幕四起，我有些不安，无缘无故地担忧着朝亮。晚上七点，朝亮给我打电话，“下午可把我给累坏了，她跟踪我，在水游城的喷泉旁我看到你，我却不得不走开。我知道她就在身边什么地方偷窥我。我转身到站台坐上2路车。她打车不紧不慢地跟着。到新街口，我去沃尔玛逛一圈，才把她甩开。”

“现在呢？”我很紧张。“在龙江，你回家吧，去你那躲躲。”朝亮好像急不可待。

我打车回家。刚进小区手机就响了，朝亮说：“你走你的，我在你后面。”我上楼，朝亮像鬼一样跳进电梯。我们对视，相顾无语。

掏钥匙开门的间隙，我屏住呼吸，生怕楼道里会跳出什么人。门开了，我和朝亮做贼一般进屋。“啪！”关上门，我们不约而同张开怀抱拥住对方，久久不愿松开。

我的心怦怦跳，朝亮说，“灯，可以开灯吗？”我从朝亮的怀中闪开，开灯，烧水。朝亮参观我的房子，“一个人住三室二厅，能睡

得着吗？”

“睡不着也得睡。”我没有提醒朝亮换鞋，他自己把鞋脱下，我说，“我经常开着灯睡，电视机、电脑都开着，家里很热闹。”

参观一圈，朝亮懒洋洋地靠在沙发上，“今晚我不回了，借间屋给我睡觉。有我保护你，你可以高枕无忧。”

我刚要说话，朝亮的手机响了。我示意他接听。

朝亮犹豫着，最终把手机关掉，丢在茶几上。“为什么不接？”我说。朝亮说：“在你家，我的时间和空间只属于你一人。”

我把家里的窗帘全都拉上，朝亮东张西望，他仿佛从我的动作中读到了什么信号。我说：“你别鬼鬼祟祟的，拉窗帘是我每晚回家要做的第一件事。”

我把最后一道窗帘拉上，朝亮轻飘飘地来到身后，从我身后环腰抱住我，这一次，他抱我的动作和跟之前截然不同，他爱意绵绵，牙齿轻咬我的耳朵。

家里厨房的窗户泛着光，被自己爱的人宠爱最幸福

朝亮说，他爱我。我想告诉他我的年龄，可无法开口。

我留了一把钥匙给朝亮，他可以随时出入我家。偶尔，我下班回家。走过楼下，我抬头，家里厨房的窗户泛着光。我进屋，朝亮正在忙碌。

“没经过我同意，怎么擅自闯入我家！”我装着发怒的样子。

“哦，母老虎回来啦！”朝亮看也不看我，“随便坐。”

被自己爱的人宠爱，最幸福的人是我。我说：“你什么时候离婚？”朝亮说：“该离的那天，我一秒钟也不耽误，立刻离婚娶你。”

“该离的那天是哪一天？”“指日可待，稍安勿躁。”

我一天天盼望，盼望朝亮快点离婚。从今年6月到8月，我催促朝

亮，“你说的离婚指日可待，你算算，我等待你多久了？”

朝亮劝我要有耐心，“该来的会来，千万别在等待中乱了分寸。”“你这是什么意思？”我反问朝亮。朝亮说：“等待是一门学问，一定要沉住气。”

在等待中，我内心火燎，对朝亮的老婆有了嫉妒，她可以正大光明地走在朝亮身旁，可以霸占朝亮的时光。而我只能占有他从中分割给我的，数得清的分分秒秒。

今年七夕那天，朝亮说好晚上来陪我。等到半夜，他依然没有来，他手机关机。我整夜未眠。第二天凌晨，他给我回电，“昨晚……她一步不移地跟着我，我快要疯了。”我平平静静地说：“你不是好好的吗？哪里像要疯了？”“没跟你开玩笑，昨晚我……我生不如死，”朝亮压低自己的声音，“昨晚我们双方父母都在，口口声声要调解我们的矛盾。”

“调解得怎么样？”我精神陡至，“离还是不离？”电话那头，朝亮不置可否。“说话！”我大喊。

“再等等好吗，离婚没有你想得那么简单。”朝亮沙哑的嗓音透露着绝望。我也绝望：“算了，既然你有老婆，那我们分手！”

“不行！”朝亮异常果断，“你必须等我。”“不行！”我大声说，“我没有再等下去的理由。”

朝亮叫起来：“我昨夜通宵没合眼，你饶了我好吗？你要再逼我，我就死给你看。你要再这样，我把你我的事抖出去……”

“你抖出去啊！”我没有被朝亮的威胁吓倒，“有种你现在就去告诉你老婆！”朝亮不再说话……

这些天，朝亮每天都在跟我汇报离婚进程。他说：“我还在努力，她渐渐让步。”我先是喜悦，接而恍惚不已，迄今，朝亮还不知道我的年龄，他若离了婚，和我去领结婚证的时候，看到我已39岁，会不会后悔？

编者心语：

故事中的男人既是小说家又是哲学家，擅长虚构且充满哲理。然建立在虚构之上的感情如何能牢固？还有可怕的哲理，让女人边忘情地欣赏着自己站在悬崖边的危险，边幻想比肥皂泡还缥渺的幸福。越易耽于幻想，越易跌落悬崖哦。

30.嫁给离异男，他嫌我不如前妻

关键词：困顿

主题：老公比我大9岁。他离过婚，还带着一个儿子。我们领证后，一直没办酒席。如今，他说我不如他前妻的万分之一，“跟你实话实说，我不想办酒席，你离一个合格妻子的距离还远。”

文庆每天至少给我发20条短信，提醒我按时吃饭、多喝水，告诉我南京的天气变化。

我对他的幻想与日俱增。

2006年11月，我和文庆在QQ、短信和电话频繁联系已有半年的基础上，决定见一面。文庆要到仙林来。我怕在学校附近见网友会被同学看到，“还是在市区见吧。”

我们约在夫子庙见面。

一个穿灰色棉T恤的男人红着脸问我：“是你吗？”他局促地站在秦淮河边，对我的靠近略带怀疑，却又胸有成竹，“你好！”

“你好！”我纳闷，眼前这个老男人真的好憨厚啊，他说：“我们找个地方坐坐？”我说：“先随便走走看看，我好久没来夫子庙了。”

我穿着高跟鞋，文庆差不多只有169cm，他只能够着我的眉梢。文庆的目光随着来来往往的人群飘忽，他心不在焉，又满腹心思。我们默默地走，我一次次欲言又止，不知该说什么。

最后，我们走进肯德基。“天快黑了，就来歇歇。”文庆终于开口。我如释重负，“是啊是啊，天快黑了。”

文庆的神态恢复平静，“看到你，有些不好意思，第一次见网友，紧张。”“你一点也不自然，”我说，“我们早就是朋友了。”

文庆嘿嘿地笑，笑容里透露着老男人特有的稳重味儿，“我是一个离过婚的人，被前妻伤害过，所以有些敏感。”

“你结过婚？”我诧异，入口的可乐差点喷出，之前他从未说过自己的婚史。“是的，”文庆认真地看我，“那只是我的曾经，我不想欺骗你。”

和离异男人交往，他用爱一点点吞噬我心

我无法接受自己和一个离异男人交往。

文庆一次次到仙林找我，我不想见他。他给我发短信：“如果离过婚是一种错误，我对自己的错深表遗憾；如果我对你的真心也是一种错，那就让我错到底吧。”我很不耐烦：“我还是个学生，你并不是什么有钱人，我图你什么呢？”文庆说：“我给不了你太多，可我能把自己的一颗心全交给你。原谅我的过去，今生今世我会用尽所有的爱补偿你……”

文庆近乎狂热地守护着自己的诺言，我对他冷淡，他三番五次往仙林跑。

2007年8月，我大学毕业，应聘到鼓楼一家公司上班。我仍住在仙林，上下班奔波非常辛苦。文庆在三牌楼给我租套二室一厅的房子，他强迫我搬到三牌楼，“住到这边，上下班很方便。跑来跑去太受罪！”很长时间以来，文庆始终围绕在我身边，我对他的赤诚渐渐妥协，“可……房租太贵，我付不起。”

“你先住进来再说。”文庆固执己见地给我搬家，把我安顿到三牌楼某小区。

2007年9月初，文庆也搬了进来，他说："一人一间，分担房租。"

夜里，文庆溜进我的房间。他大大方方地说："房门没有锁嘛！"我被吵醒，揉揉眼睛起身，"锁门的话太见外，不锁你又要进来。"我的处乱不惊给了文庆很大的胆量，他随手关灯，极其自然地躺到床上来。我竟然没有动，像梦游一般没有知觉地被文庆脱去睡衣。文庆低声说，"你要是愿意，我们立刻结婚。"

我对文庆还有不满吗？他按照自己的计划一点一点地吞噬了我的心，我忘记挣扎或者拒绝……

我的父母得知文庆比我大9岁，还离过婚，坚决表示反对，还逼我离开南京回淮安老家。文庆和我一起努力，费尽周折才说服家人。

2008年5月，文庆建议我搬到他家去住，他父母说要搬到他家去住就得先领结婚证。我问文庆，"你的意思是，我们结婚？"文庆点头。

"那为何不买房？"我疑问。文庆说："我家那房子四室两厅呢，暂时不用买。""那我们领完证，什么时候办酒席呢？"我说，"你别想省去这道程序，我可是第一次结婚。"

"瞧你说的！"文庆成功了，他乐不可支，"办酒席还不简单啊，随时都行。这个你就别操心了，我打算选个好日子，必须是黄道吉日。"

生活的裂痕正式拉开，我由麻木到灰心再到度日如年

领证。搬到四牌楼文庆的家中，我目瞪口呆，他家有个小孩，对我虎视眈眈。

"谁的孩子？"我忐忑不安。"我儿子，4岁了。"文庆低声说，"小孩子嘛，很容易培养感情的。"

我头脑嗡嗡响，相比较之前他说出自己离异的事实和真实年龄的瞬间，我预感到此时面对的问题最为棘手。"你不说……没小孩吗？"

"我的意思是，我和你还没有小孩呀！"文庆一脸无辜，"我没说错。"我又气又急，但无计可施。

木已成舟。我克制自己。刚开始，我勤快地操持家务，和公公婆婆相处得其乐融融。文庆的儿子没有我想象的可怕，我带他出去玩了几次，他对我有若隐若现的依赖。

好景不长。2010年3月，文庆带他儿子从他前妻那刚回到家，他儿子童言无忌：“阿姨，我妈妈说你是笨蛋，给我买的衣服不好，不是名牌！要你以后再去商场的话，给我买点好的名牌……”

“嗯，好好，阿姨知道啦！”我假装微笑，内心愤怒，转头进卧室，关上门，趴在床上，有气无力。

文庆紧跟其后，“小孩子的话，你别计较！”我不说话。“你跟孩子较真啥呢？”文庆抚摸我的肩膀，想让我翻身。我不想动。

“你看你像什么，像不像一个合格的后妈？”文庆在激将我？我翻过身，满脸的泪水，“别逼我！你前妻还说了什么？”

文庆把电视机打开，他想用电视的声音掩盖我的咆哮。“她没那意思！”文庆抽出一摞纸巾擦我的脸，“人家还让我感谢你对孩子的照顾呢，她准备抽空请你吃饭。”

说到吃饭，我一阵哆嗦，“我们的酒席还没办！”文庆摇摇头，“哪壶不开提哪壶，你今天吃错药了。”他丢下我走出房间。

晚上，我向婆婆告状，“你儿子联合前妻欺负我……”“他就那样，”婆婆不等我说完便打断我，“是我把他养大的，我比你了解他那脾气。当初我根本没看好你们，是你自己硬着头皮要和他结婚。”

我哑口无声，没有听错，婆婆慢条斯理地说：“他虽然没上过什么大学，没什么文化，但是收入不比你低。你别当自己是个大学生，他没上大学不照样能开个小公司……”我听不下去了，拔腿返回自己的房间。

文庆每日回家，只做三件事：吃饭、上网、睡觉。我包揽所有家务。说实话，上了一天班，谁都想早点休息，文庆每晚还要求我给他按摩。这一夜，文庆回来照例要我按摩。

“我很累，你饶我一次好吗？”我确实很累。“女人心，说变就变。”文庆说我对他的爱每况愈下，“以前你很乖，现在你很怪。”

我说：“我回家忙忙碌碌，你只知道玩游戏，你帮过我没有？”文庆没理我，转眼呼呼大睡。

生活的裂痕正式拉开。不疼不痒的日子枯燥地折磨我，我由麻木到灰心，再到度日如年。

当我的心态发生改变，眼前的一切都变得昏暗。婆婆的节俭令我反感，2010年7月，南京的炎热变为我和婆婆冷战的导火索。快40℃了，我打开空调，婆婆说我奢侈，“忍忍就过去了，古代人没有空调不是照样活着？”她用唠叨督促我关掉空调。我气得咬牙，等文庆回来再说。

文庆回到家，习惯性地打开空调，我衣服湿湿地贴在身上，他视若不见，也不问我为何不开空调。他的冷静刺激我，我伸手关空调。“你神经，想热死我！”文庆夺过遥控器，“歹毒的女人，安的什么心啊你！”

我冷笑，“这是你妈的旨意。”“拉倒吧你，你不如我前妻的万分之一。”文庆一本正经，“跟你实话实说，我不想办酒席了，你离一个合格妻子的距离还远。”

“这是你的真心话？”我不相信这是文庆的真话。“受不了就走，没人拦你。”文庆把温度调到19℃，房间里冷极了。

编者心语：

在爱情面前没有真正的成熟者，但有经营者和投机者。设若经营者遇到投机者将会如何？当夸父逐日一般的梦想成为别人实现心机的缺口，当爱情成为一个人的陷阱，究竟该怪罪谁？在爱情面前有太多的物欲固然不可取，然有着太多的幻想又何尝不充满凶险？物欲和幻想都不能超标。

31. 头发没了，爱情也没了，爱上我的人，还是我的头发？

关键词：掉发

主题：我是个博士，2007年，我满头的黑发几乎掉光。后来，女朋友要跟我分手，她的离开刺痛了我。夜深人静，回想起过去一头秀发的光阴，我感觉这辈子什么都完了。

秋静是我的大学同学。她文静、清秀，喜欢穿白色衣服。我时常穿着一身黑。

我和秋静不经意间成为班里最醒目的一对，2002年，我在南京度过第三个冬季的时刻，秋静成为我的女朋友。

我的学习成绩非常好，秋静欣赏我的智慧。秋静的美丽和纯净打动了我，我爱慕她如花的容颜。

秋静来自苏北，我是苏南人。我们成为恋人的时候，大学时光已下来大半。“毕业后，我们就留在南京。”这是秋静的规划。我说：“我们继续读书？”

我想把硕博都读完。秋静不想再上学，2003年7月，她本科毕业，考进南京某事业机关。同时，我顺利考取硕博连读。

这样的结果对于我俩而言，几乎完美无缺。我们都很激动。秋静拉着我的手，走在鼓楼某大学的校园内，嘱咐我必须要好好学习，“不准和别的女学生随便说话！”

我满头的黑发，开始断断续续往下掉

我的父母也喜欢秋静。

家人出资在鼓楼给我们买下一套房。房产证写上我和秋静的名字。

秋静想和我结婚，我打算读完博士再说。反正我们早就住到一起，已经像是夫妻，还在乎那一张约束婚姻的纸吗？我劝秋静再等等。

2007年春天，在我身上发生一件奇怪的事。我满头的黑发，开始断断续续往下掉。虽然之前也有掉发的迹象，但是一夜之间，我掉发的速度明显加快。

起先，我没太在意。可能是学习压力太大。秋静有意识地帮我调整作息时间，“不准熬夜，不得贪吃，按时睡觉，不准抽烟喝酒。”

我开玩笑说，“这可是聪明绝顶的象征啊！”秋静说，“掉发也得意，小心我休了你。”

“都掉光了，以后我们打架，你揪不到我的头发啦，哈哈哈。”我调侃着自己头发渐稀。秋静严格控制着我的作息时间，碰到我熬夜，她呵斥我，口气很凶，“还不睡觉！信不信我把你的电脑扔楼下去！信不信我砸你电脑！”

我心有不甘地爬上床，脑袋里盘旋的是我的学术，导师交给我的项目还有待完成、完善。

凌晨两点，秋静发觉我辗转反侧还没睡着，她拧开床头灯，睡眼惺忪地用脚踢我，“你这个疯子，睡觉是要你命吗？你再这样真的是想要我的命！”

这样一闹，我更睡不着。秋静给我吃安眠药，我昏昏沉沉地睡着。黎明时分，秋静还没醒来，我又睁开双眼。

时间残酷地流逝，2007年冬天，我曾经乌黑亮丽的头发所剩无儿。逼真的现实比冬风还要刺骨，我站在镜子面前，傻眼了。镜子里的人，像一个中年人，他是个博士？

秋静骤然离开，我沮丧地倒在客厅

秋静不再缠着我去逛街。

“从前面看还凑合，从后面看嘛，你知道你像多少岁？”秋静有气无力地说我，“也就40多岁而已。”

我说：“老男人，更有味。”秋静没理我，她递给我一顶帽子。我赌气，偏不戴帽子，像往常一样出门晃来晃去。

不过，和秋静去朋友家串门，我若不戴帽子，秋静便不动身。有一次，我和秋静刚迈入朋友的家门，我把帽子摘下。朋友家的小孩开玩笑喊我爷爷，我礼貌性地回以微笑。秋静很不高兴，脸色阴沉，又不得不强挤笑容去应付主人。

从朋友家出来，秋静没有嘱咐把帽子戴上，她冷冷地说：“我讨厌你……讨厌你没有头发，去医院看看好不好？”

我说：“你究竟是爱我，还是爱我的头发？要不我去买个假发戴上？”“假发？我接受不了，我能想象出你不戴假发的模样。”秋静急切地说，“我不管，你就是偷也要把以前的头发给偷回来，否则的话，我们分手。”

我没把秋静的话当真。一个不争的事实摆在面前，秋静对我持续变冷，她本能地排斥我。

我抱她，她说：“别碰我！”我亲她，她说：“别摸我！”

“你是不是心理有疾病？”我非常不解，“我没有头发就不是我啦？你这么贪恋头发，你让头发陪你睡去吧！”没等我发泄完心中的郁闷，秋静睡到了隔壁的房间，“就当我有病也好！你有你的审美，我也有我的审美。请你尊重。”

我对自己掉发的事虽有怅然，却没料到自己的女友是最先嫌弃我的人。我终于觉察出自己掉发的严重性，开始自闭、自卑。不论是出门在外还是在家，我都习惯性地戴着帽子，睡觉时也不想摘下，帽子是我的守护神。

我的爱情正变得摇摇欲坠，秋静不再提及我们何时结婚。我只字不敢主动和她谈结婚的事。秋静挂在嘴边的一句话就是，“想办法找医生去治，你家有钱，能治好的。”她的话真刺耳，我为自己感到悲哀。

2008年春天的一个黄昏，我从酩酊大醉中离奇地醒来。秋静纹丝不动地站在床头，她好久没来这个往昔我们同床共枕的房间了，“我想离开一会。”秋静淡淡地说。

“以前你出门好像没有向我请假的习惯吧？早去早回。”我昏昏沉沉，头一歪，闭上眼，再次沉睡。

深夜醒来，我茫然无措，不祥的预感袭击心头，迷惑地回味秋静的话，她是不是离家出走了？我踉踉跄跄起身，家里黑漆漆一片。

秋静不在房间，家中被收拾过。“秋静！”我恐慌地喊出声，“人呢？”回声不绝，我彻底酒醒，秋静骤然离开，她带走了自己的衣服、化妆品、书籍等等，家里只有一双她穿过的拖鞋。我沮丧地倒在客厅，“嘭！”我头碰地板的沉闷声，宣告我的爱情就此终结。

站在这繁华的街上，感觉到从来没有的慌张

我一蹶不振。仅剩的头发像孤独的野草，用讽刺的意味刺激我。身边的同学和朋友开导我，“这有啥，很多名人不都是光头吗？例子太多了，你自己去网上搜搜。”

但我不是名人。

以前秋静让我去看医生，我草草了事。

我在网上四处发帖，医生的处方、民间的偏方，全都用上。效果微乎其微。体验着未曾有过的挫败感，夜深人静，回想起过去一头秀发的光阴，我感觉这辈子什么都完了。头发毁灭我的爱情，我找不回爱情，我弄丢了头发。

后来，大学老师介绍我结识一位美国博士杰克斯，他摸摸我的头幽默地说：“我能把你的头发找回来。”“出多少钱我都愿意。”我苦笑，死马当着活马医吧。杰克斯先生用无痕植发帮我“找回失去的青春”，当我的头发丁点丁点地恢复，我喜极而泣。尽管，这花费我很多钱。

2010年春天，我摘下帽子，光明正大地走在南京的大街小巷。

没有过此般经历的人无法体会这种心情，听着许巍的《那一年》：“那一年你正年轻/总觉得明天肯定会很美……你站在这繁华的街上/找不到你该去的方向/你站在这繁华的街上/感觉到从来没有的慌张……”我的慌张是因为孤单，我想念秋静。

找秋静并不难。我的自尊心迫使我和秋静保持距离，我不能为此而低头，万万不能。

秋静来找我。这两年，听说她自始至终都关注我。2010年7月，我们再相逢，秋静和以前一样明眸皓齿。我的话不多。秋静说：“我知道你这两年……很不容易。”“很不容易，跟做梦似的。”我说，“你看我的头，还能回到我们刚认识的那一年吗？”秋静仿佛没听到我在说话，她静静地看着地面，小心翼翼地迈着碎步。

我们有一搭没一搭地说着断断续续的话，从汉口路走到汉口西路，时间太过漫长，我像已走完一生。走到河海大学门口，秋静说她有事先走，“再见！”她变成小鸟，飞进一辆绿色的出租车。“再见！”我挥手，无比难过。

家人和朋友说我头脑是不是读书读糊了，“谁约的谁？”“是我……我先约她，跟她无关。”我自嘲，“只是想让她看看我的头发……”

其实是秋静约的我，她至今还单着，回想起她弱不禁风地闪进出租车的那个瞬间，我的眼睛湿润，她肯定还爱着我，否则她早就嫁人了。

编者心语：

追求完美原本再正常不过，然而不应因此心而委屈了爱情；明知爱人因爱而生怨，当宽恕才好。爱一个人不是逛超市，看上的东西即可手到擒来，只要有钱即可拿走，后悔了亦可退货换货。爱一个人，需慎重，需仔细挑选，还需接受对方的挑选……哲人说，得之不难，失之也易。然得之甚难，也未必不失啊。珍惜是一首歌，须天天用心来唱哦。

32.原想让你爱上我，但我现在后悔了

关键词：陷阱

主题：我和蓝蔚宁静的生活被她的好友、我的同学茜茜给打破了。我和茜茜暗地里暧昧不清。我对不起老婆，我想摆脱茜茜。可茜茜说她已深深爱上了我……

我、蓝蔚、茜茜，三人是大学同学。

2005年，我们大学毕业。2006年春天，蓝蔚成为我的新娘。秋天，茜茜也嫁人了，她老公是一位公务员，经常出差。

茜茜来自东北，大大咧咧，生性豪爽，再加上特有的北方美女的标致，大学几年，追她的男生很多。我对茜茜说过，“如果你是男人，我们肯定是无话不谈的好朋友。”茜茜反驳我：“可我是个女人，难道你没当我是你好朋友？”

我说：“咱俩只是单纯的同学关系，你和蓝蔚才是好朋友。”

我和蓝蔚都是南京人。茜茜作为我们的同学、好友，她漂泊异乡，理应受到我们的关照。茜茜的老公时常出差，我对茜茜有求必应，“扛煤气罐，修热水器，背米买油，遇到这样的活你叫我，随叫随到。”

当然，说这些话的时候，蓝蔚也在身旁。于是我还会加一句：“前提是得到蓝蔚的批准。”

听我这样说，蓝蔚也很开心。

我伸手触碰茜茜，她好像没有真正入睡

2009年10月，我们两家结伴去云南旅游。临出发前一天，茜茜的老公应急出差。我们只好三人一阵。

我们没有跟团，走到哪里时常临时订房。到丽江的第一天下午，我们久经周折才订到一个标间。天黑时分，我们在古城的酒馆里开怀畅饮。临窗倾听，水声哗哗。三个人的情绪都很激荡，喝完酒，坐在古城的流水边看月亮。夜色浪漫，蓝蔚靠在我的肩头，茜茜被孤零零地晾在一边。

很快，蓝蔚觉察出这个细节，她站起身，去拉茜茜，“困啦，回去睡觉。”我也起身，在前面带路，她们互挽胳膊，像风一样在我身后摇摇晃晃。

走进宾馆房间，蓝蔚说：“我和茜茜睡里面这张床，你老老实实睡外面那张床，明白？”我点点头，“明白！我也是这样想的。”

蓝蔚去卫生间洗澡。我站在电视机前调台。茜茜歪在沙发上喝茶。

卫生间里水声响起。我莫名其妙冒出一句：“要是很累，先到床上躺着吧。”茜茜晃悠悠往床上靠拢，微风吹动窗帘，也吹向茜茜，婀娜多姿的茜茜像垂柳……

我情不自禁去搀扶茜茜，怕她摔倒。茜茜借势倒进我怀中。我稀里糊涂地吻茜茜，茜茜睁着眼睛，也许是酒精的作用，她热烈地回应我。我们的吻停不下来，直到卫生间里的水声突然停止。我以闪电般的动作从茜茜身上抽开，端坐于电视机前，表面聚精会神，内心万马奔腾。

蓝蔚用浴巾擦着湿漉漉的头发，歪着头看看我，再看看茜茜。我也扭头看茜茜，她趴在床上，似乎已沉睡多时。

“茜茜，去洗澡。”蓝蔚从我面前飘过，她身上散发出沐浴露的清

香，我惶惶然。茜茜揉着眼睛，一步三晃，蓝蔚扶着她，“慢点，你可别摔倒。”

等茜茜洗完澡，才轮到我。我洗完出来，她们两人都睡着了。电视机的声音被调低。昏黄的床头灯照耀着迷离的两张床铺。我关上电视，悄悄躺下。让我吃惊的是，蓝蔚睡在里面一张床的内侧，茜茜睡在外侧，靠近我的床铺。

我伸手触碰茜茜，茜茜侧身躺着，背对我。她好像没有真正入睡。我抚摸她，她纹丝不动。房间里安静极了，只有三个人的呼吸声。

醉翁之意不在酒，你是不是早就打我主意了

旅游结束，回到南京。2009年10月底，我偷偷摸摸约茜茜见面。地点是晓庄某宾馆。

茜茜如约而至。她敲门，我屏住呼吸。她再敲门，我拨通她的电话，问她：“有没有人跟踪？”茜茜说：“拉倒吧你，给我开门。”

我拉开门，眨眼之间，茜茜已坐到床上。她正襟危坐，“把我从南湖喊到这，有何贵干？”

茜茜的语气有点不对，我说：“找你谈点事，这里安静嘛！”“醉翁之意不在酒。”茜茜咯咯笑起来，“别装了，我还不知道你。你是不是早就打我主意了？”

我的心恢复平静，“刚才你一本正经的样子吓死我了。”“没做亏心事，你怕什么。”茜茜说，“在丽江……那晚，我喝多了，感觉像是做梦……我敢冒着危险来见你，是想和你澄清，就当那事从没发生过。”

“危险什么啊！”我不知不觉走到窗前，拉上窗帘，“这么多年的同学了，你还不了解我吗？别怕我。”“我才不怕你。”茜茜说，她对我拉窗帘的举动视若不见。

窗帘挡住外面的世界，我的思维陡然回到丽江的那一夜。我动情了：“我喜欢你很久很久了，可命运不让我走近你。虽然我娶不到你，但是，我心里早已深深地刻着你的名字……”

茜茜笑我酸，“干什么呢大哥，吟诗哇！”

我抱住茜茜，眼前重复着丽江一夜未曾发生到底的画面。茜茜的身躯如棉花，她的喘息，她的呢喃，她的明眸春光明媚，我变成醉酒的莽汉，在茜茜的身上寻找梦中的秘密，贪婪而充满激情。“你真爱吗？”茜茜娇弱地问我。“爱！”我异常坚定。

闭上眼，我的脑海里出现的是蓝蔚。我这是犯罪呀，我停不下来。

越是觉得对不起老婆，我的脾气越糟。回到家，我和蓝蔚隐约有了争吵。蓝蔚说我不知咋回事，神经兮兮乱发火。我吼她，“你才神经，我没病！”“谁说你有病了？”蓝蔚反斥我，“从云南旅游回来，你就变样了。那么美的风景咋就没陶冶好你！”

每次我们发生矛盾，茜茜必定从河西跑来中山门，到我家劝和。蓝蔚躺倒茜茜怀中，骂我混蛋，“他一天到晚摆脸色给我看，以前没这么变态……”

我心如刀戳，对自己有着说不清的痛恨。

你对我的关怀日渐减少，我对你的爱意却有增无减

我和茜茜保持着扯不清的关系。

2010年七夕那天，我在新街口一家花店给茜茜订了一束玫瑰，没有署名。我没有陪茜茜过七夕。

蓝蔚要去仙林过七夕，她说：“我们去大学校园，去我们认识的地方回味昨天。”我和蓝蔚在仙林大学城手拉手漫步，抬头看看天，低头看看路。我若有所思。蓝蔚说：“应该把茜茜也喊来。”我说：“今天是七夕，今晚我只陪你。”

蓝蔚哽咽着说："你好久没有这样说话了……"我搂紧蓝蔚，"我可是公司的销售主管，工作压力大啊。""我懂！"蓝蔚说。

汗水流遍身心，我叹息一声。回忆起几年前和蓝蔚恋爱的时候，我们也是这样走在校园，年少多梦，花前月下，爱情烂漫。

我决定暗地里和茜茜不再往来。

刚回到家，茜茜给蓝蔚打电话，问她："今天都干啥啦？"蓝蔚说："晚上去仙林了。"

几分钟后，蓝蔚把电话递给我，"接！茜茜要问你件事。"我极不情愿地接过电话，"喂，什么事？"

茜茜说："今天收到的花，是你的杰作。"我说："什么乱七八糟的，这事我一概不知。""真不是你？"茜茜反问。"不知道哦，节日愉快。"我口头温柔，心里气得想挂电话，这女人胆子太大了，我老婆正在旁边。

挂掉电话。"问你啥事？"蓝蔚随口问我。我瞎诌："她问我是否记得大学时追过她的一个胖子，我哪里能记得那些破事。"

七夕夜，我失眠了。

迷迷糊糊到天亮，我昏昏沉沉起床上班。

到办公室，打开电脑，照例打开QQ，茜茜发来大段留言："你别辩解了，那花肯定是你送的。唉，想和你说话，你的态度让我失望。老公三番五次出差，你如果再不要我，我怎么办？内忧加外患，我筋疲力尽。我对你越陷越深，明知这份感情不会长久，却无法自拔，越来越依恋你。你对我没有以前好了，女人的第六感告诉我，你想抛开我。往常，不管你有多忙，每天都给我发一连串短信。随着时间的推移，你对我的关怀日渐减少。你竟然大言不惭劝我要淡定，你勾引我的时候，咋就忘了淡定？我对你的感情，日积月累，用的都是加法；而你对我呢，用的分明是减法。我患得患失，不知该用什么样的心态去面对你、面对蓝蔚。我苦恼地发现，每时每秒，我对你的爱有增无减。今晚陪我看电影！”

编者心语：

罂粟的美丽比许多花都诱人，爱情也是如此，但爱情不是罂粟。然而世界上有些人把爱情变成了罂粟。千万不要以追求的名义把美丽戕害，对爱情更是如此。非恋人的男女之间，距离会增加美丽的砝码，遗憾会美化幻想。千万莫打破了距离，破坏了幻想。

33. 难道我只是他“外面女人”中的一个

关键词：潜规则

主题：把我潜规则的局长居然还跟我的同事也有关系。他们的秘密被我发现，我向局长摊牌，问他为什么要这样做？他说我多想了，“自始至终，我都只爱你一人。”

我今年26岁，是南京某机关公务员。

去年，我刚进单位那会，局长对我很关照。他跟我爸年纪相仿，40多岁。看起来风度、绅士、正派。

追我的男生很多，可我比较欣赏成熟男人。大学几年，我没有谈过恋爱。突然之间，有个老男人对我处处呵护，把我独自生活在南京的孤单和彷徨一扫而光。

我想，也许局长把我当成他女儿了呢！那时候，我还处于试用期，能被局长赏识，我仿佛看到了未来的曙光。

2009年10月的一个周末，局长带我到紫金山某饭店吃完饭，要我陪他回单位，“我要加班审几份材料，你来当我助手。”

我毫无思想准备，轻飘飘地走进局长办公室。局长转头抱住我，他的酒气喷过来。

我忘记挣扎，想喊，但我不敢。“别动！”局长把我往他休息室推。我意识到局长的举动，使劲挣脱自己，“局长，不行……不行，别这样……”

我坚决不从，局长推我，我推他。推来推去，我们不约而同笑出声。局长大口喘气，抬腿走出休息室：“不闹了，来帮我看材料。”

他的手滑过我的肩膀，感性的一面柔情似水

接连几次，局长对我动手动脚。我把这当成单纯的游戏。

2010年元旦前一夜晚间，我照例迫于局长威严小心翼翼迈进他的休息室，又将迎来一场推搡，我想象着接下来如何拒绝。

局长一反常态，他轻描淡写地说：“今天不许再闹，不想进来就走，以后嘛，也别再进来。”

我的脊梁渗出汗水，心理防线崩溃。局长的手滑过我的肩膀，我哆嗦，低着头，头昏脑胀，我看不清地板的颜色。“这样多好呢！”局长将我摁倒在床，我什么都不想，事已至此，我还不至于拿自己的前途开玩笑……

和局长有过第一次，我反思这件事的前前后后。再回忆局长对我的好，其实……我并不讨厌这个老男人。

自此，他隔三岔五约我。他的休息室有时也是我的领地。

2010年1月底，家人给我一笔钱，再加上局长的帮助，我在河西买下一套房子。搬进新房，局长是我的常客。下班了，他先到我这吃完饭，陪我到十点再回家。

局长的味道是一杯浓茶，随着我们相处时间的延长，我对局长渐渐由敬畏到动情。

局长喜欢看金庸的小说，我也喜欢读金庸。局长和我谈他的奋斗历程，竟然和我爸有些相像，值得信赖。局长对我说：“我和你心灵相通，我对你是有感情的。”这也是我想对局长说的话。

公开场合，局长一本正经地讲话。我在台下仰望他，心里有一种自豪感，没有人知道这个魄力十足的人，他感性的一面柔情似水。无

人知晓，这个男人，他属于我。

每天中午，局长会找各种理由让我去他办公室，关上门，揽住我的腰，紧紧地抱我，温和地抚摸我的头发："好了，你也去休息吧。中午抱你一下，我才能安心午休。"这个小细节。起初我觉得繁琐，时间长了，如果哪天中午没有局长的拥抱，我浑身都不自在，烦躁、不安。

他没有给我发短信，我的世界瞬间暗淡下来

我和局长的地下情像溪水，不紧不慢，缓缓流淌。

2010年8月，局长很少再到我的住处。他解释说："老婆埋怨我居家时间越来越少，我不能天天都陪着你了。"对此，我没有过多的计较，别人有家庭，我没有破坏的必要。

每天早、中、晚，局长基本上会在相同的时间段给我发短信。

2010年8月初的一天中午，局长没有给我发短信，也没有喊我去他办公室。我分分秒秒等待他的信号，等着他的拥抱。

中午12点40分，我心神不定地在网店上逛来逛去，那些漂亮的衣裙收不住我的心。我跑到楼下，站在一棵树下，给局长打电话，第一遍，他没有接。第二遍，他接听，很严肃地喊我的名字，问我有什么事？

我明白，他的身边肯定有人，而且这个人还必定认识我，否则，他不会煞有其事地喊我的名字。

微风阵阵，我头顶的树叶哗哗响，斑驳的阳光不停坠落，我目眩。"没什么事……局长，那个报表好了……"我吞吞吐吐，"现在……方便吗？"

"下午再说，先这样吧。"局长挂掉电话，我愣着不知动弹，从我进单位至今，他几乎未曾用如此坚硬的口气对我说话。

我遐想，此时此刻，谁在局长办公室阻妨碍我们午休时分短暂的小

暧昧？

蹑手蹑脚回办公室，我拿份报纸拐进局长办公室对面的会议室。虚掩着门，我微微喘息，汗流浃背，像做贼一般等候局长办公室的大门打开。

下午1点20分左右，局长办公室的门"咯吱"开了。我举起报纸的双手立刻疲软，报纸从我的额头悄悄沉下，我的世界瞬间暗淡下来。一位女科长，左手拿着文件夹，右手先是触摸自己的鬓发，再俯身拉拉裙角。她黑色高跟鞋的"哒哒哒"声，高调地响彻于楼道。和我的鬼鬼祟祟相比，她的镇定自若让我认识到这个30多岁的女人和局长的关系非同一般。

"咣"得一声，局长办公室的门重新关上，我只看到局长的额头从门缝里闪过。女科长的高跟鞋声渐行渐远，我拿不动一叠报纸，报纸像树叶散落地面，我瘫在椅子上，呼吸艰难，头重脚轻，双腿抖个不停，我站不起来。我无比信任的男人居然还有别的女人……

他不理解我的感情，他以为我只是单纯屈服他

我鼓励自己，站起来。

我站起来，软绵绵地走出会议室，敲响局长办公室的门。几秒之内，局长把门拉开。他惊诧的眼神告诉我，他对我的不请自来猝不及防。

我从半开的门挤进房间，"刚才为什么那样对我说话？""那会不方便，有人在。"局长随手把门关上，"你又不是小孩，听不出弦外之音吗？"

我径自走向休息室，局长尾随而来，想要拽住我，"干什么？""进来抱抱我。"我说，"如果你之前就和她好，干吗要用花言巧语来哄我。我讨厌你这样！"

休息室内，被子半挂于床沿。我从白床单上揪起一根泛黄的弯曲

长发，笑呵呵地说：“我的头发没有烫过，这是谁的？”局长捡起被子，往床上一扔，他脸色阴沉，“你要再胡闹，我们就结束。”

我的泪水再也止不住，莫大的委屈撞击着我的心，我的声音发颤：“我还以为你真的因为老婆的压力才对我冷淡，原来你还有别的女人。我为你付出这么多，至今什么都没有得到。”

“再哭出去！”局长压低自己的声音，他却没压住自己的怒火，“你这样说话，简直是在亵渎我们的感情。你想利用我？”

局长一句话噎住我，我哑然，倒吸一口凉气，抬起头，和局长目光对视。“在办公室大哭大叫，成何体统啊，你说呢？”局长迅速恢复柔声细语，“有什么话好好说，别闹。没有人喜欢胡闹的女人，很烦。”

我不再流泪，冷静地说：“你和她……是什么关系？”“谁？”局长显然是装糊涂。

“你这样很没意思，别把我当三岁小孩。”我起身打算离开，“您想好了再告诉我也不迟，我需要一个合理的答案。”

局长抚摸我的头，他的和蔼与先前的冷峻截然相反，他说：“年轻人，别过于较真。有些事，看在眼里，别记到心中。”

我无力抗争，局长不理解我对他的感情，他以为我只是单纯屈服他，并想从那里得到点什么。而事实上，我迄今还没有从他那得到什么好处……

我咽不下这口气，心里沉甸甸的。

第二天中午，局长照例喊我到他办公室。

我琢磨着要不要去呢？我的脚步已经向局长办公室挪动……

像往常一样，他双手敏捷地揽住我腰，亲密无间地抱我，亲我的额头。局长的动作不如往昔富有弹性，他姿势僵硬，像是纯粹应付我。“别多想，我还是我，你还是你。”局长轻轻拍我的后背，“你懂的。”

编者心语：

权力是息壤，能让拥有它的人身高像姚明，相貌像力宏，才气像郎朗，名气像成龙。权力是一层纱，遮住了人怀疑的眼睛；权力是断臂，成就了维纳斯的美名。除却权力，下面是一个尘土的躯壳；除却权力，内部是一颗肮脏的心灵。

34. 爱上比我小12岁的“弟弟”

关键词：姐弟恋

主题：比我小一轮的超凡，对我的爱几乎毫无保留，他傻傻的，想我之所想，对我向来没有半点脾气。他近乎把我当成他生命的一部分谨慎入微地保护，把我从离婚少妇的暗淡时光中拯救出来，变成最幸福的女人。

我是他的梦中情人，我比他整整大12岁

2003年非典期间，我生病在家休息，每天上网聊天。

一位山东网友得知我从事人力资源工作，向我请教，他即将去应聘应该怎么准备？我细致地指点了他。

几天后，这位网友给我打来电话，向我报喜他被录用了，还要请我旅游。我以身体不适为由谢绝，“举手之劳，别这么夸张啦！况且你在烟台，我在南京，相隔太远。”

没想到，他从山东赶到南京，要和我见面，“距离上班之前还有一段时间，我想请你去山东看大海。”我想，这人还挺执著的，见见也无妨。

2003年7月。河西长江沿岸，我冒着炎热引领远道而来的网友超凡看长江，他是个白净书生，1米8的身高，温文尔雅。

超凡说：“我的梦中情人和你一模一样，长发飘飘，笑容始终挂在脸上，你实现了我的梦想。”我笑：“小孩子别贫嘴哦……”

超凡回到山东，每晚给我打电话，对我倾诉爱慕。我说：“不可能。”“为什么？”超凡说，“你不是还单着吗？”

我说：“你太小，盲目。我是单着，可我离过婚，还有个小孩。”“这不是问题。”超凡不假思索地说，“相信我，我对你是真心的。”

我忍不住说出自己的年龄，“比你大一轮！你别再开玩笑了。”超凡毫不犹豫地反问：“王菲和谢霆锋不也是姐弟恋？爱情，只要有爱，可以没有任何界限。”我说：“我不是王菲，我什么都没有……”

超凡坚持不懈地说服我，查找很多姐弟恋的资料给我看。他像初恋一样富有激情，“我对你的迷恋注定超出世俗的约束，如果你懂得体会过爱一个人的感觉，你会懂得我对你的爱究竟是什么滋味。”

我对他依然不冷不热，没有反感却也谈不上爱

2003年年底，超凡辞职来南京。我去火车站接他。

我们坐在玄武湖边谈未来。超凡说：“我是认真的。”“嗯。”我盯着冬季的湖水出神，“认真的……”“我想跟你结婚。”超凡的话像湖面的涟漪，此起彼伏，荡漾我心。我混混沌沌，“别傻了，小弟弟。拿什么结婚？”

冬风呼呼吹过，超凡脱下他的外套披在我身上：“我能给你一个家。”

那时候南京房价还不高，超凡用所有积蓄在河西买套60平方米的房子，房产证上写的是我的名字。把我和我儿子安顿好，超凡开始找工作。

超凡小心翼翼地维护我，想让我安心快乐。我对他说，“我能理解你的用心良苦。但你真要想和我在一起，关键得看我儿子是否能接受你。如果他不接受，房子退给你。”

超凡乐于给我儿子做饭，用发自肺腑的爱和孩子相处。时间不长，9岁的儿子对超凡的依赖超出我的想象。我问儿子："妈妈要是和叔叔结婚，你……愿意吗？""愿意啊！叔叔是好人！"孩子的话让我对超凡的付出另眼相看，或许，这个小男人是真心想和我在一起。

尽管如此，我对超凡依然不冷不热，平平淡淡，虽然没有反感，却也谈不上爱。

为表示你对我忠诚，你把卡上的钱都转到我账户

2004年6月，超凡给我写信。住在同一屋檐下，还能收到情书。超凡写道："反正我就是爱你，我将用一生的爱给你今生的幸福，以弥补你过往的感情创伤。你可以看我的行动……"

我姐姐找超凡谈心，问他："你到底看上我妹妹什么？等你走过新鲜期，你还会爱她吗？你这么好的一个男孩，敢于抛开一切，迎娶比自己大12岁的女人？她没有钱，没有势，你图的是什么？"超凡说："姐姐你这样说话，我能理解，但不能接受。我只是因为爱而结婚，没有其他。"

我问超凡："你不后悔吗？"超凡义无反顾："不会！我看上的是你的善良和女性特有的慈爱。看到你，我就有一种想成家的冲动。"

我的心慢慢柔软，2004年9月，我答应了超凡的求婚，当月领证。2004年10月，我们在南京低调地举行了婚礼。

婚后的超凡将大部分精力用在工作上，他说："我们得换大房子，还得有车。"我说："那些都不重要，重要的是把日子过好。"超凡说："是啊，我的任务就是要让老婆过好日子。"

我问过超凡想不想要个孩子。"我们不是有孩子了吗？"超凡说，"我不想让老婆做高龄产妇。"

"可那不是你亲生的，毕竟，亲骨肉更有感情。"我害怕超凡将

来后悔，要他想清楚。

“人非草木，感情培养到位，他比亲生的还亲。”超凡说他一点也不糊涂。

超凡对我的感情持续膨胀，超出我的预期。他的工作能力尤为突出，从一个小职员做到公司的领导层，薪水不断增加。

2008年，我们换第二套房。房产证上还是写我一个人的名字。我有点不解，“你不怕我跑了？”超凡如此解释：“房子是你的，你是我老婆，你是我的。综上所述，什么都属于我的，跑不掉。”

我说：“你现在有钱了，说话越来越有底气了。你算得上成功人士，我渐渐老去，没有安全感。你会找别的女人替代我吗？”超凡说我杞人忧天，“几年前我已经告诉你，别胡思乱想。我发誓会对你负责，你要相信我的誓言。”

“好吧。”我半真半假地说，“为表示你对我的忠诚，你把银行卡上的钱都转到我账户上。”

超凡没有半点怨言，带我去银行转账，“只要我能做到的，为你，千千万万遍，在所不辞。”

你爱谈天我爱笑，你给我的始终是恋爱的风景

很多时候，我觉得自己每时每刻都生活在天上。总有一种道不清说不明的幸福感缠绕我，使我对超凡的感情开始有了本质的变化。

我比较爱打麻将。超凡规定我：别玩得太晚，12点前必须睡觉。

2010年3月的一个晚上，我和几个姐妹在鼓楼一好友家搓麻将到凌晨，我一直输钱，便把手机调为静音丢进包里。

凌晨三点，我拿起手机一看，60多个未接电话。

我给超凡回电，质问他：“打这么多电话想干什么？”“你是成心想吓我吗？”超凡激动地说，“我都准备报警了！”

我说：“分开没多久，你看你紧张的……”超凡说：“以后去

哪，什么时候回家，要提前对我说，不带你再用这种方法折磨我。”

超凡到鼓楼接我回家。车过鼓楼转盘，超凡的右手臂搭住我的肩膀，他的右手微微抖动，“晚上必须要在12点前睡觉，这是原则。早睡能延缓衰老。你得保持自己的状态永远年轻。”

“噢……”我嗓音沙哑，“下不为例。”超凡说：“你看你嗓子都哑了。偶尔玩得太晚没关系，你得早些告诉我，我好接你。”

超凡日复一日送我上班，风雨无阻，他恨不得每时每秒都能把我装进他的视野。包括出差，他想着的全是我。

出差之前，超凡将箱子里塞满可以淘汰的旧衣服。出差归来，箱子里的旧衣服不见了，变成超凡买回的礼物。对于自己的小聪明，超凡很得意，“我想把整个世界都装回来带给老婆。”

我比较爱穿，也不只一次对超凡说：“我穿得好看些，都是为你。我是你老婆，一定得漂漂亮亮出门。”超凡说：“想得真全面。看上什么好衣服，想买就买。”

超凡对我的爱几乎毫无保留，他傻傻的，想我之所想，对我向来没有半点脾气。他近乎把我当成他生命的一部分谨慎入微地保护，把我从离婚少妇的暗淡时光中拯救出来，变成最幸福的女人。

每晚临睡前，我们卿卿我我，谈这一天的见闻、天气，点点滴滴，你爱谈天我爱笑，聊着聊着我们彼此拥抱睡着了……

超凡给我的始终是恋爱的风景，柴米油盐掩盖不住我们内心的风花雪月。起初我对超凡说不上有啥感情，渐渐的，超凡变成血液，淌遍我的每一寸血管。

我宠爱超凡，他下班进屋，我给他拿拖鞋，抱住他不想松开。扑鼻的饭香，在干净清爽的家的港湾中浸透着超凡，洗去他的疲惫。

被我宠爱，超凡都不知道自己的袜子通常放在哪里。每晚临睡前，我会把他第二天要穿的衣服条理清晰地准备好。

超凡爱我，我宠他。我的心思一点一滴全转到家中。和姐妹们一块玩，我会突然闪身离开，“家里还有两个儿子正嗷嗷待哺呢！”以前我没有这样爱得浓情蜜意，如今我的心扉全部为小我12岁的知心爱人打开，看他坐书房翻书，我会切好水果去喂他。

编者心语：

年龄不是问题，只要心心相印；距离不是问题，只要意笃情深。然世界多元，人事多迁，羡慕尚可，嫉妒无妨，万无模仿，更勿追逐。毕竟故事中的男女之情要付出超乎寻常的努力甚至牺牲。

35.离婚了，后悔了，想和你重新开始了

关键词：回头

主题：和大鹏离婚不久，我就后悔了。我想复合，他不愿意。我对他说："我们先不领证，你让我回去，你试试我有没有变化。我们好好过日子，经济上还是AA制，或者由你掌权。生孩子的事不着急，随便你。我都听你的！"

大鹏要求，经济上实行AA制。我们办一张公共卡，每人每月充入1000元作为共用

大鹏比我大8岁，是一名儒雅斯文的大学老师。我在南京一所初中教书。

2005年秋天，我们经朋友介绍相识，双方一见倾心。谈恋爱那会，我们恨不得天天见面。

2006年夏天，我们结为夫妻。生活顿时由花前月下转为柴米油盐。

大鹏处处呵护我，宠爱我。但他很奇怪，要求实行经济AA制。我们办一张公共卡，每人每月充入1000元作为共用。这是我所不能接受的，我说："结婚以后就是一家人，为什么要这样分得清清楚楚？"大鹏说："经济的独立才能保证人格的独立，这是我的原则。请你遵守。"

妥协之余，我和大鹏的矛盾开始萌芽。我自小被父母宠大，久而

久之，我变得很任性而自我。我不能接受大鹏的生活观，几年来，他三番五次说不想要小孩。我说："现在是我生育的黄金年龄，等我30岁一过，你就是想要小孩，也晚了，我们收入不低，又不是养不起！"大鹏说："先把日子过好再谈生孩子的事。"

我比较听父母的话，家人说一我不说二。和大鹏点点滴滴的碰撞，我一五一十全告诉父母，连细节都不放过，请父母评理。爸爸说："这人有病，结婚前看他还算正常，哼，不要孩子就离婚，这种男人一点责任心没有。他比你大，以后你们都老了，他先去世，你一个人孤苦伶仃，没有孩子的话你靠谁？"

爸妈去找大鹏，痛骂他混蛋没良心，大鹏被骂得跑回他父母处躲起来。

我也对大鹏大失所望。2010年3月，我和大鹏摊牌：不要小孩立刻离婚。大鹏说："一日夫妻百日恩，你怎么张口就说离婚？"我说："除非咱要个孩子。""只为这个？"大鹏叹息。"是！"我态度决绝，"和你生活，毫无快乐，好聚好散，别再强求。"

大鹏舍不得离婚，在民政局签字的那一刻，他哀求："有没有挽回的可能？"我冷笑："不可能。""我们先分开安静半年，半年后，如果我们都还没再找到合适的另一半……再复合？""别白日做梦，天下男人死光了，我都不会再找你。"我的父母都很讨厌大鹏，我更不想给自己留一点后路。

大鹏的味道、体温，扑鼻的亲切。他吻我的双唇和脖颈，抚摸我长长的黑发，我多想时间就此定格

成功离婚，我非常开心，搬回河西父母的住处，看不到大鹏，世界清静，没有噪音。没有吵架、没有怄气，能天天和父母在一起我很幸福。

一个月下来，2010年4月底，我品尝到空虚的味道，眼前到处是大鹏的影子晃来晃去。仔细回想自己以前的所作所为，我反思自己是不是哪里出错了？

比如，我太听父母的话，大鹏说什么我都保持怀疑。我很少关心大鹏，几乎没给他做过一次饭，都是他给我做饭。我只知道索取不知付出。大鹏说我长不大，我说他是老古董。我们都强烈刺激对方，想让对方向自己低头……

2010年7月，暑假期间，我无所事事，对昔日的家庭生活充满怀念。内心荡漾起丝丝悔意，我发E-mail给大鹏："想来想去，没想到我越来越想你。对不起，我觉察出自己犯下严重的错误。其实，你知道吗？你永远是我们未来生活的掌舵者，我愿为你升帆，让我们爱的航船在婚姻生活的海洋里勇往直前，向前航行，虽然我们会遇到暗礁岩石，惊涛骇浪，但只要我俩齐心协力，携手并进，风雨同舟，一定会驶向我们爱的港湾，到达目的地。老公，我很想你。过去，我太孩子气了，你能原谅我吗？左思右想，只要还能和你在一起，要我怎么做，我都愿意。让我回来好吗？我不想孤身一人！"

我猜测大鹏看到这封信会主动来找我，我肯低头啦。

事实没有我想的那样简单，大鹏对我置之不理。我发短信问他看到邮件没有。他说："看了几遍，什么升帆起航乱七八糟的，都什么时候了，说这个还有意思啊？你再到外面去找一找，好男人很多。你还年轻，又没有孩子，肯定能找到。"我吃惊："你有了？"大鹏说："没有。"

"你还单身一人，为何不能重新接受我呢？"我说，"当初你说我们分开各自冷静一段时间，我悔过自新，要改变自己，你连一点机会都不给我？我们从恋爱到结婚真的不容易，我很珍惜你对我的好，请你也珍惜我。"

"开什么玩笑！"大鹏说，"你们全家都伤我太深，我害怕你们，也不敢再相信你，我们之间不可能了。”

我不相信一个深爱自己的男人，蓦然转身，已不再爱我，而且那么坚定。

我的脑海里全是大鹏，抱着一份信念，2010年7月初的一天，我来到月牙湖、以前的家门口，要见大鹏。

他不想开门，我回到楼下，在烈日下苦等，他不见我，我就不走。站了六小时，天黑前，大鹏走下楼来。他瘦了很多。我哭着冲上去拥抱他。

大鹏有些漠然，一两秒后，他回抱我，把我紧紧揽入怀中，他的脸紧紧地贴着我的脸。“我知道你还爱我。”我说，“别弄丢我，好吗？别弄丢我……”

我们彼此拥抱，仿佛回到从前，大鹏的味道、体温，扑鼻的亲切。他吻我的双唇和脖颈，抚摸我长长的黑发，我多想时间就此定格。五分钟不到，大鹏松开双臂：“别多想，别逼我，一切顺其自然，听老天安排。回你的家去吧，你爹妈等你吃饭……”

大鹏的口气充满怨恨。

我眼泪直流，恨他绝情，恨自己当初不懂得珍惜。我说：“我长大了，过日子是我们两个人的事，与父母无关，求求你给我个机会。”

我埋怨：“一个口口声声说深爱你多年的人，蓦然转身已不再爱你，这种滋味是什么滋味？”

大鹏把我强行推上一辆出租车。我泪眼婆娑返回河西。

父母问我怎么回事？我说：“大鹏不要我……”“离婚了，什么要不要的。”爸爸说，“你想干什么？”

“我想复合。”我委屈地哭。

大鹏数次告诉我，“我们真的不可能了。”他的话没有动摇我的意志。我日复一日用尽全身的力量去找他。时间不长，大鹏不肯再见我。我发短信给他：“你到哪，我跟到哪。”

我发誓，我要努力改掉自己的坏脾气，用心去温暖大鹏。每天，我给大鹏发很多信息，鼓励他放下包袱放下压力，来重新认识我，现在的我和以前真的不一样，为何不给对方一次机会，不尝试怎知结果？我对他说：“我们先不领证，你让我回去，你试试我有没有变化。我们好好过日子，经济上还是AA制，或者由你掌权。生孩子的事不着急，随便你。我都听你的！”

我放下自尊，每天早晨买好早饭，从河西到月牙湖，等大鹏起床。大鹏请我进屋，进屋的瞬间，我心痛得窒息，这可是我的家，我曾经的家，如今我只是客人？

“请坐！”大鹏很客气，“要我给你倒杯水吗？”我低吟：“不用，谢谢！”

大鹏说：“没事的话多去寺院烧烧香，净化自己，把自己的心打开，去干点别的事，比如去相相亲呀，去旅游，都可以。”我抽泣着：“我也曾试着放弃，但我的心骗不了自己，我需要你，别人我都不要，你别把我弄丢。”

有些话，当着大鹏的面，我说不出口，我面对面给他发短信：“也许我这样痛苦是老天在惩罚我，我愿意接受惩罚，只希望你别不要我。无论哥到哪里，妹都愿跟随，除了哥，妹不会再追寻别人！”

大鹏说我真是矫情，“我是说过，分手只是给彼此一段冷静的时间。嗯，我也冷静想了想，我们千万不能复合。人的本质是改不掉的，你还是你。”

我说：“你读书读傻了还是怎么回事，任何事情都不是一成不变的。”“你看看，又来啦。”大鹏大笑，“还以为你真变了？你变的只是一时的妥协。”

我埋怨：“一个口口声声说深爱你多年的人，蓦然转身已不再爱你，这种滋味是什么滋味？”“是追悔莫及的滋味。”大鹏说，“昨天毕竟是昨天，我们彻底回不去了。”

编者心语：

爱情并不排斥原则，但太多原则会束缚爱情；爱情并不排斥自尊，但太多自尊会戕害爱情。故事中的男人并不可爱，他心里只有自己，只有原则。试想，日常花费可以AA，感情如何AA，夫妻缠绵如何AA？或许，正因生孩子难以AA，所以才不愿生育。愿男主人公早日宽宏，早日平易；愿女主人公早日醒悟，早日拥有新的幸福。

36. 在男人之间漂流，我是不是该停泊下来

关键词：物欲

主题：我和几个朋友聚会，蓦然间才发现自己和她们的差距。她们说起自己的老公，几乎都比木森有钱。我想把木森当做自己踏上这条道路的终点站，此刻我茫茫然，比木森有钱有势的男人还有很多很多……

外面的世界很精彩，我对物质产生最初的欲望

2008年夏天，18岁的我从苏北某县城来到南京上大学。

大一上学期，大部分时间我都在仙林度过。大一下学期，我跟着同学去逛大商场、大洋、德基。有钱的同学漫不经心议论着LV、迪奥，我一窍不通，为自己的孤陋和渺小深感自卑。

我很少再去逛街，躲在宿舍上网，聊天。

李林，比我大10岁，是我所有网友中年龄最大的一位，我们以兄妹相称。李林在苏州开一家广告公司，他的嗓音非常好听，略带嘶哑，浑厚而苍凉。他不知疲倦地给我打电话，问我吃饭没有、冷不冷，问我今天穿什么衣服……2008年冬季，我的耳边被李林的声音弥漫。我对他抱以幻想。

2008年12月底，李林邀请我去苏州玩，“早点来，这几天我老婆回娘家了，我比较自由。”

我中午到苏州，李林把我接到观前街安排我住进酒店。接着他带

我去买衣服。晚上，李林把我送回酒店，他向我说“再见”。我说：“哥哥要去哪？”“回家。”李林说。“哦……”我叹气。“有事吗？”李林关切地说。我说：“我想试穿新衣服，请哥哥看看。”

看完我试遍衣服，李林留下来，再也没说要走……第二天，李林给我3000元红包，他说：“没想到，你还是第一次。”

陪形形色色的人过夜，我同时和4个老男人交往

离开苏州回南京，我恍恍惚惚，想精心打扮自己。钱，真是不够用，李林给我的红包眨眼空空。

我烫头发，修指甲，穿着焕然一新。当我神采奕奕、自信地出现在1912多家酒吧，和我搭话的男人来来往往。我目不暇接地游走其中。带我去开房，可以，要给我钱。我心不在焉地陪形形色色的男人过夜，用他们的回报来填补我钱包的空缺。

时间不长，我的一学姐对我说：“你这样做，很不安全。”学姐带我参加一些饭局，介绍有钱人给我认识。这些男人平均年龄在45岁左右，他们看我，眼神如水，淌过我的每一寸皮肤。我年轻、大学在读、光鲜如可口的樱桃，老男人们垂涎欲滴，夸我长得像刘亦菲。

我和他们保持着交易关系，他们愿意为我花钱。最为疯狂的时候，我同时和4个老男人交往。我很忙，他们比我还要忙，所以根本不知道我私下里究竟在干啥。

2009年5月，我第一次怀孕。但我不知该找谁，最后我逐个找一遍，告诉他们“我有喜了”。他们都很紧张，生怕我把孩子生下来。我说，我没那么傻，生完孩子我会变老的！4个老男人每人平均给我1万元钱，要我“抓紧去医院，一定要照顾好自己”。

只有一个做建筑生意的老板王兵良心发现，要陪我去医院。

割双眼皮磨练身材，我用自己的魅力征服他们

2009年9月，王兵宴请朋友，要我作陪。这次晚宴，我顺利结识王兵的朋友云刚，典型的高官子弟，20来岁，貌不惊人，却很有气势。

2009年10月，云刚说过几天去德国，临走前想和我见一面。我赶到玄武门一家酒店，云刚说他忙着开会，要我到一间包房等他。下午5点，云刚急匆匆推开门，“让你久等，可惜还是陪不了你，主要是想见见你。”

原以为云刚是带着目的见我，想不到他没有往那方面想。我说：“没事，你忙你的，我也想见见你……”云刚说：“等我回国，给你带礼物。”

我们就这样匆匆见面，转瞬分开。云刚在国外的那些天，我竟然时不时想到他，牵挂他。他给我发短信，字里行间透露着隐隐爱意：“德国风光很美，你要是在我身边一起欣赏多好，以后我要带你出来……”我呼吸到思念的滋味，期待云刚早点回南京：“忙完就回来哦，别忘记给我带礼物……”

2009年10月30日，云刚回到南京。我想去机场接他，他说：“今天不行，我有很多安排，明天我们见面，具体等我电话。”

第二天，云刚请我在中央路喝咖啡。再次见面，云刚满脸倦意，他递给我一个小盒子，“给你，从德国带回来的。”接过云刚所送的礼物，我非常不解，一瓶安娜苏香水……这就是所谓的礼物？

“谢谢！”我的声音略显生硬。云刚萎靡不振地歪在沙发上：“这次事情太多，忙得抽不开身，下次多给你买些礼物。”

“看我有变化没有？”意识到自己刚才不够热情，我俏皮地绽开笑脸，“仔细看！”云刚懒洋洋地眨眼：“割双眼皮了？”“这都能看出来，不是瞎猜的吧！”我站起身，“看看我身材。”

“身材也变好了。”云刚说，“数日不见，当刮目相看。”

不知道云刚是否真的看出我的变化，他的赞美使我心花怒放。下午，我乐呵呵地跟着云刚去逛街，他没有把我带进德基和大商场，直接把我拉进中央商场："给你买件衣服吧！"买衣服他还看价格，一点也不爽快。

晚上，当我和云刚睡到同一张床上，我心中的不快忽隐忽现：这家伙徒有虚名，太吝啬，他用一瓶香水和几件衣服轻易地把我俘虏了。这根本不是有钱人的风格……

云刚问我："你和王兵是什么关系？""没有关系，他是我爸的朋友。"我说，"现在我爸和他关系冷淡，我已离开他的公司，以后就什么关系都没有。""那就好。"云刚自言自语，"开始还以为你是他情人，我还纳闷他这么快就换情人了。"

背地里，我和王兵还有联系。王兵比云刚大方，给我现金，给我买衣服不看价格。

2009年圣诞节，云刚不在南京。我和王兵在中山门附近一家饭店过节。夜里，云刚打电话问我在哪？他问得很突兀。我躲进卫生间，说在学校呢。

"我感觉你在宾馆。"云刚慢吞吞地说，"我没猜错吧？""别胡说八道！"我假装生气，慌里慌张辩解，"你才在宾馆，你全家都在宾馆。"

我没有控制住自己的声音，太急躁。王兵扭开卫生间的门，"咋了？"

我的心太乱，无法停下追求物欲的脚步

事后我才知晓，王兵和云刚互通电话。云刚问王兵正在和谁过节？王兵说："你见过，上次陪你吃过饭……"然后我就被供出来了。结果，他们二人共同将我放弃。

不过，没关系。这时候，我正和云刚的朋友木森走得很近。木森是南京某企业的副总裁，近40岁，很疼人，动情地说我是他的"生命之光"。

2010年7月，我和木森的关系真正亲密起来。7月初，他说近期去香港，问我想不想去。"想去呀，不许你丢下我，我要去迪斯尼玩。”我的确很想去，为了这一天，我等了半年，木森终于对我主动了。我始终略带矜持，那是因为我怕自己太过火热会让木森生厌。我蜻蜓点水地和木森暧昧而不过于亲密，我想和他处处感情，想做他一个人的情人。频繁换人，我身心疲惫，而那些男人并不能彻底满足我对物质的火热需求。

想以最好的状态出现在木森面前，我还去注射肉毒杆菌，我希望自己变漂亮些、再漂亮些。

7月中旬的香港之行结束，我把自己的全部身心都交给木森。我说：“你说我是你的生命之光，那你要把我养好。”木森宠爱我，在仙林租下一套公寓，作为我们每周见面的爱巢。“你乖一点，我找机会把这房子买下来送你。”木森言真意切，“在家有老婆孩子，在外面我只有你……”

我想，我在男人之间的漂流是不是该停泊下来。很快，我将有房子和车子，木森能够满足我，我是他唯一的情人，我对他一心一意，他定然会给予我丰富的物质。

本来，我如此规划自己。这几天，我的心太乱。我和几个朋友聚会，发现自己和她们的差距很大。她们说起自己的老公，几乎都比木森有钱。我想把木森当做自己踏上这条道路的终点站，此刻我茫茫然，比木森有钱有势的男人还有很多很多。蓦然间，我……我不想停下自己继续前行的脚步。

编者心语：

青春的诱惑不仅在它的美丽逼人，还在它的可供挥霍。然而，青春一旦与物欲联姻，便流逝奇快。宇宙并不永恒，永恒亦有尽头。何况弹指一挥间的人生？

37.他不许我和陌生男人说话

关键词：多疑

主题：恋爱之初，加佳体验到的是爱情的绚烂。自从做了文涛的女朋友，加佳的天空日渐狭窄，“别和异性太过接近！”文涛的爱比蜜汁还要浓厚，加佳的精神已接近溃堤的边缘。

加佳独自靠在路边的栅栏上，旁若无人地从包里拿出一只苹果，大口地啃

人见人爱的加佳，白白嫩嫩，渗透滋润，娃娃脸上嵌着黑宝石一样的眼睛，活泼动人。文涛初次见到加佳，双眼凝神。后来，回忆起第一次见面，加佳对文涛说：“我正在吃苹果，你盯着我看来看去，很烦！”

2010年3月底，加佳和文涛所在的QQ群组织群友爬紫金山。活动当天，众人在白马公园集合，加佳引人注目，很多男网友和她嬉闹。文涛站在一边，不动声色。

爬到半山腰，人群零零散散。文涛终于有机会单独接近加佳，加佳独自靠在路边的栅栏上，旁若无人地从包里拿出一只苹果，大口地啃。文涛几次想过去打招呼，他目不转睛，抓耳挠腮，却寸步未动。

“你看啥？”加佳先开口，“想吃？”文涛走近加佳，“苹果很漂亮……又大又红！”

加佳咯咯地笑，问文涛的网名。“我在群里很少说话，你不会太在意。”文涛说，“以前也没注意你，今天看到你，嗯，蛮好……”

和别人的过于热情不同，文涛浅尝辄止地欣赏加佳，只要有人向加佳围过来，他便闪开。

逮住机会，文涛找加佳要手机号码。加佳说：“回去网上发你。”“这几天我不上网。”文涛说，“现在给我吧，谢谢！”文涛把手机递给加佳，加佳把自己的号码存入，“你是做什么工作的？”

“公务员。”得到加佳的手机号，文涛开始自信。

文涛细致入微关心加佳，把她当小妹看待，用心呵护，给她挡风遮雨，不求任何回报

加佳来自陕西，大学毕业后留在南京，在新街口一家公司做前台。文涛每天都来看加佳。

加佳告诉文涛：“我喜欢轻松，所以找了份非常清闲的工作，虽然没有多少钱，但我很知足。”文涛细致入微关心加佳，带加佳看电影、吃饭、逛街。

“和你一样，我也是一个人在南京。”文涛对加佳说，“我比你大，应该多照顾你。”

一直有男孩追求加佳，她不为所动。那些男孩目的明显，和文涛的不急不躁相比，欠缺内涵。文涛把她当小妹看待，用心呵护，给她挡风遮雨，不求任何回报。

感受着大哥哥的温情，加佳逐渐习惯身边有文涛陪伴，文涛每晚临睡前给她打电话、早晨发短信告诉她当天南京天气。文涛能扫去她漂泊异乡的孤单，使她的心远离寒冷，沉浸温暖。

何况，文涛有稳定的职业和丰裕的收入。两个月不到，加佳爱上文涛。

2010年5月中旬的一天傍晚，文涛约加佳在新街口商贸55楼云中小

雅共进晚餐。

“我能给你带来幸福。”文涛似乎洞察出加佳的心迹，他缓缓吐出三个字：“相信我！”文涛的表白含蓄而深刻。加佳欢愉、兴奋，心中的小鹿一蹦三跳，临窗远眺南京之夜，楼宇闪亮，璀璨的灯光，和爱情一样绚烂。

他结婚跟你有什么关系？都结婚的人了，还想叙旧……难道他是你的前男友

2010年儿童节，加佳离开公司宿舍，搬到奥体，住进文涛的房子里。

刚住一起，什么都新鲜。两人过着小夫妻的快乐生活，一块做饭，你喂我，我喂你。晚间，手拉手，从小区这头走到那头。

文涛的爱比蜜汁还要浓厚，加佳的天空日渐狭窄，“别和异性太过接近！”文涛对她提要求，“多在家待着。”

今年6月底，加佳接到一个电话，是她高二那年的同桌。“男的？”文涛嘀咕，“是不是？”

“嘘！”加佳捂住手机听筒，“是哎，我高中同学，他要结婚了。”加佳示意文涛别出声。说到高中时代，她不时哈哈狂笑。

“矜持！”文涛轻声说，“看你什么样子，激动啥？”加佳对文涛瞪眼，继续嘻嘻哈哈地和她的同学聊着，乐不可支，喜形于色。

“咳……”文涛制造声音，“咳……”

加佳走出卧室，到客厅。两句话没说，文涛跟过来，“咳……”

加佳走向阳台，文涛还想跟随。加佳不得已挂断电话，转身问文涛：“大哥，你想干什么？”“什么哥不哥的，你跟别的男人有那么多话要说？还说个没完，笑个不停，什么事让你这么带劲？”文涛沉着脸，“他是何方神圣？”

“你什么意思？”加佳气鼓鼓迈步进卧室，“普普通通的高中同学，人家要结婚了，他老婆也是同班同学。我们聊以前的事，你瞎掺和什么？”

文涛说：“他结婚跟你有什么关系？通知你一声还不够？都结婚的人了，还想叙旧……难道他是你的前男友？”

“你是不是成心想和我吵架？”加佳推开窗，“喘不过气！你想把我气死！真不知你疑神疑鬼什么？”“谁疑神疑鬼了？”文涛声调降低，“我还不是怕你飞了嘛！上次去爬山，一帮人围着你转，从那时起，我觉得自己压力很大。”

“神经！”加佳坐在床沿生闷气，“你再这样，我肯定会疯。下不为例！”“没事就好，谁想没事找事呢！下不为例。”文涛也想给自己找台阶下。

这种老男人，哪里是要问路，存心想勾引你。幸亏我在旁边，才制止了一场可能发生的悲剧

2010年7月初，加佳的朋友在QQ上不耐烦地说：“你男朋友啥意思？非逼问我和你是什么关系？”

起先，加佳没太注意。接连五个朋友问相同的问题，加佳坐立不安，质问文涛：“你给我朋友打电话了？”“哦……那……那打错了……”文涛支支吾吾。

最后，真相让加佳无比崩溃：文涛打印出加佳的手机话单，看到陌生号码，就打电话问对方和加佳是什么关系……

加佳气得浑身抽搐：“别逼我，你是逼我和你分手。”文涛神情僵硬，拼命解释，“最近我工作压力太大，可能稀里糊涂……我也只是和他们开开玩笑，没有恶意……”“可是，你对我有恶意！”加佳咆哮，“可恶透顶，真像吃了苍蝇！”

文涛声泪俱下地发誓，坚决不会再做这样的傻事！

消停几天。7月中旬，文涛带加佳到新街口看电影。看完电影，两人到一家超市购物。

一个推销化妆品的男士夸加佳肤质与众不同，说他的护肤品尤其适合她，“能使你的皮肤更加白嫩……”加佳挺喜欢这款护肤品，和推销员礼节性地闲聊。几分钟之内，文涛电闪雷鸣般现身，将加佳手中的护肤品夺过，塞进推销员怀中，一把拽住加佳的手，紧拉不放，“走！”“去哪？”加佳诧异，“你想干吗？”

文涛说：“那家伙真机灵，拿着化妆品和你搭讪。”“无理取闹！”加佳怒目圆睁，“你是不是疯啦！”“我没疯。”文涛说，“我一眼看过去，就看穿那家伙的本色，色迷迷地盯着你的脸，我还想问他想干吗？”

加佳明白，为这样的事吵架很没意思，“亏你比我大，简直就是个小孩。”“你才是小孩。”文涛气势汹汹，“那些男人，我早看透了，没几个好人。”

加佳跑开，顺着淮海路走往石鼓路。文涛拎着两大包东西，跌跌撞撞跟着，“你去哪？”到石鼓路，一辆车停靠路边，车窗滑下，有人和加佳说话。文涛及时赶到，他看车里坐着的男人大腹便便，“有什么好问的，问别人去！”加佳被文涛拉开。“人家只是问路，你至于吗你？我就是看上谁也不会看上那人吧，一胖老头，你也提防？”

“这胖老头是有钱人，你看看他开的车，还有那车牌号。”文涛得意洋洋，“这种老男人，哪里是要问路，存心想勾引你。幸亏我在旁边，才制止了一场可能发生的悲剧。”“你说的是什么话？”加佳想哭，“我要是真能被别人轻易勾走，你拴住我都没用。”

文涛忧心忡忡地说：“别怕，我会不惜一切代价守护你。”

加佳耷拉着脑袋，“你有病……”文涛声情并茂地说：“我这是对你好，我爱你在乎你，我的心全都在你身上，你要懂得我对你的一颗真心……”

想想也是，都是因为爱。加佳宽慰自己，都怪他把自己看得太重。

噩梦一样的日子看不到尽头，文涛病态地看守着加佳。8月初，对门的男邻居敲响文涛的家门，加佳打开门，对方正要说话，文涛敏捷地跳过来推开加佳，“什么事？”邻居尴尬地笑，“没事，想借个火机……”

邻居离开。文涛关门，转身，“哈哈，借火机？你信吗？他分明想和你说话。”

编者心语：

多疑与其说是缘于爱恋，不如说是缘于自卑；畸恋与其说是心的无缝契合，不如说是将别人据为己有。殊不知，春雨雨人，春风风人，为最妙之境。患得患失，结果必失；宽容自信，方是爱情正道。

38.老公脖子上有一道清晰的吻痕

关键词：报复

主题：一个曾经高攀我、眼下背叛我的男人，他已不配再和我朝夕相处。我讽刺他："你这样跟我玩，我来给你戴几顶绿帽，让你尝尝背叛的滋味。"

我容貌出众。看上我的人很多，比军波优秀的男人从我眼前晃来晃去

论长相，我在大学时就是校花。毕业后，我在南京某中学教书。我职业稳定、容貌出众、知书达理，很多人要给我介绍对象。

比军波优秀的男人从我眼前晃来晃去。他其实极为普通，外表平凡，在房产公司做文案。

军波追到我，不知令多少曾经痴迷我的人捶胸顿足。这并非我自我陶醉哦。

2006年5月，军波成功娶我为妻的那一天，他那得意与满足的神情让我坚信，我的选择没有错。军波激动地对我许诺，会爱我到天长地久。

我信赖军波的甜言蜜语。我爱的是他的真诚，他能真心实意待我，对我而言已足够。

我结婚前后，最失望的是我的几个姐妹。她们不理解我的所作所为，都认为我疯了。

我没疯，清醒着呢！

军波越来越慌。我伸手撕下粘在他脖子上的创可贴，一道清晰的吻痕横在我眼前

2008年春天，我们的儿子出生。我喜欢家庭生活，开始把更多的精力集中在家里。

我本是宅女，热衷于生活的平平淡淡。再加上我的工作节奏缓慢，每年还有寒暑假，所以，大部分时间我都安心居家。我只想把家庭维护好，军波在外面奋斗，养家是他的事。

日子平静、真实而幸福。时间如静静流淌的溪水，不紧不慢。我很享受这种真真切切的闲适。

可是，2010年5月，所有的甜美戛然而止。

我不敢也不愿相信，军波能出轨。

五一期间，军波的脖子上贴着创可贴。我记不清他的脖子何时受了伤，而且，他也只字未与我提起。

“脖子怎么回事？”我冷不防地问他，“被猫抓啦？”“被树枝划了一下。”军波轻描淡写地说，“没事。”

“怎么能被树枝划到，我来看看。”我心疼军波，贴近他的脖子，想看看。“没事没事！”军波略显紧张，慌忙拨开我的手，“皮外伤而已，别紧张兮兮的。”

“到底谁紧张兮兮的呀！”我比军波要急躁，坚持要看看他脖子，“什么树枝划的啊，在什么地方？”

军波挣开我，掏出手机做出要打电话的样子。我开玩笑，“不是被哪个女人啃的吧！”“胡说什么！”军波的眼睛里分明闪过一丝慌乱，“别瞎说！”

我认真起来：“你躲躲闪闪是不是心里有鬼！”

军波越来越慌。

我闪电般伸手，撕下他脖子上的创可贴，一道清晰的吻痕横在我眼前……

我只是想一吐为快，才胆敢把真相告诉你。我要是死不承认，你也没办法

我垂头丧气。军波一筹莫展。

我希望军波进行一场辩解："佩服你，还知道用创可贴！你来解释，到底是怎么回事？别瞎编，你要说得像样点！"军波抬头看看我，他眼里隐藏着的秘密一触即破，懦弱、惭愧、紧张、懊丧，总之，他秘密的防线正在溃堤。"难道要我去查？你最好还是自己招了吧！"我极力控制自己的情绪。

"咕咚！"军波响亮地跪在我面前。我眼前一黑。看来，他确实做了对不起我的事……

"我不是……不是我……我不是故意的……"军波畏畏缩缩，像狗似的充满哀求，"我真的是不小心！""那人是谁？"我强迫自己别气势汹汹，要冷静，"和你什么关系？"

"网友。"军波老老实实地说，"我根本就没往那想，这件事发生得太偶然了。她来南京出差，要我请吃饭。我尽地主之谊，款待她。后来我送她回宾馆，她要我到房间坐坐喝杯水。再后来……稀里糊涂地就……就那个了……"

"什么宾馆？"我心中的火苗腾腾蹿起，"希望你没说瞎话。""新街口……洪武路。"军波偷偷看我，"我很后悔，所以……想坦白从宽。"

我感到一阵恶心，"亏你还好意思说出来，你不嫌害臊我都替你丢人！""我很诚恳，还不是因为我认识到自己的错误，我想改过自新。"军波起身，"背负这样的包袱，我很痛苦。我只是想一吐为快，才胆敢把真相告诉你。我要是死不承认，你也没办法。”

“你还好意思理直气壮。”我说，“那你就死不承认好了！你以为这样我就会感动是吧？错！全错！我一点也不感动！耻辱！这是奇耻大辱！”

军波似乎没想到我的情绪突然波动得这么厉害，“你这是……怎么了吗？”

我咬咬牙：“别再跟我说半句废话！离婚！”

军波往我手机上发短信：“你想要我怎么样才消停？现在你去找男人，我不拦你，早去早回。”

2010年五一过后，军波偶尔玩消失。他坚决不愿离婚，“你提任何条件我都答应，前提就是别和我离婚。”

我的心对军波产生了强烈的排斥，一个曾经高攀我、眼下背叛我的男人，他已不配再和我朝夕相处。我讽刺他：“你还有脸跟我玩痴情，你这样跟我玩，我来给你戴几顶绿帽，让你尝尝背叛的滋味。”

“只要不和我离婚，你可以为所欲为。你要知道，即便我失去所有，我也不能失去你。我向你坦白过，我反省过自己，我错了！”军波出奇地克制，“唉，犯错的人没有和你谈判的筹码，你想怎么玩我都默认，那是我犯错的代价。”

没想到，我真没想到军波竟如此没用，他以为如此“大度”就能取得我的原谅？

今年儿童节，我在家陪孩子玩。军波几次凑过来要抱孩子，我示意他走开，他顽固不化。我说：“不准你碰孩子，去洗手。”军波听出弦外之音，一声不吭走进卫生间。从卫生间出来的时候，他满脸堆笑，“我还洗澡了，干干净净，现在……”“现在什么，现在你做饭去。”我沉着脸。

军波狠狠地瞪我，他往我手机上发短信：“你想要我怎么样才消停？现在你去找男人，我不拦你，早去早回。”

我回复：“别以为我不敢！请你拭目以待。”

晚上，我大张旗鼓地在QQ上四处找男人聊天。我和他们视频，说极其露骨的话。时间不长，我和一个自称是驾校教练的中年男子聊得火热。我开门见山地要和他去开房，他说他在江宁。我说，我开车去找你。我们赤裸裸地互相挑衅，我为自己的放浪形骸而吃惊，报复的快感使我痉挛、麻醉，飘飘欲仙。

遗憾的是，这个男人过于警惕，他被我的主动吓跑。我想出轨，没有机会。

我索性把聊天记录复制给军波看。作为男人，他看到自己的老婆这样和别人对话，会是什么样的感受？军波令我失望至极，他波澜不惊：“也好，扯平了。”

失去了对军波的情感，我好像活得很轻松。而我的内心愈发空洞，有时我恐慌，有时我绝望

渐渐地，我的心态不再纠结。由痛心过渡到失望，再由失望过渡到无谓，我的心缓慢地舒展开来。

我也不再逼迫军波离婚，离婚的代价是牺牲孩子的未来。既然生活可以继续，我又何苦倔强较真。

自2010年7月以来，军波什么时候回家，我不再过问。他若出差，我也懒得去思念他，管他干啥呢，更谈不上问候他吃饭没有。以前，我很节约，如今，我开始有目的性地游走于美容院。我大胆采购高级眼霜、护肤品，花起钱来不再优柔寡断。

失去了对军波的情感，我好像活得很轻松。而我的内心愈发空洞，有时我恐慌，有时我绝望，生活怎么变成这样……我何尝愿意，好端端的家庭被此般冷漠毁于一旦。

军波心事重重，他的感受或许比我还要强烈。7月底，他从海口出差归来，买了一堆礼物给我，我很喜欢那些漂亮的贝壳。

但我面不改色。

“我们就不能冰释前嫌吗？”军波嗓音沧桑，“早知道结局会这样，我不会像个傻子坦荡荡地说出自己的秘密。”我说：“早知今日何必当初！现在说这些有啥用，你要是没做那些蠢事至于这样低三下四吗？”

军波说：“我应该虚伪，应该对自己犯下的错死不认账。怪我太单纯，还让你深受创伤。”“你爬到人家床上的那个瞬间就该想到，你把我们这些年的感情全给毁了！”我声音发颤，懊丧的泪水倾泻而出，“你也不照照镜子，娶到我这样的女人你还有什么不知足！”

“我让步了，我也同意你报复我，你也付之于行动了。”军波明显很急躁，“你说，究竟想要我怎么样，只要我能做到，我全部满足你。”

编者心语：

就女方而言，存心报复，实则有爱；既然有爱，何必折磨？自男方而言，早知如此，何必当初？一着不慎，自吞苦果，再宽厚委屈，又有何用？人心即可脆如琉璃，亦能坚硬若钢。关键看如何待之。

39.我空有财富了无情趣，爱妻追随网络情人而去

关键词：物质精神

主题：欣欣爱上了网友，我清楚欣欣的性格，她不会轻易回头。我表面上装着满不在乎，那是因为我无可奈何，绝望到极限的默然。如果钱能买到感情，我愿意用我所有的积蓄把欣欣换回来。

欣欣肤如凝脂明眸皓齿天生丽质，我相貌平常。有时候，爱情真的无法解释，我压根未曾想到能追到欣欣

每一天，只要我回到家，总能看到老婆欣欣坐在电脑前笑脸绽放。

欣欣爱上网聊天，她沉迷虚拟世界已有两年。从2008年起，欣欣成为专职太太。她不用再上班，整日无所事事。我灵机一动，特意给她买了电脑。

电脑改变了欣欣原来的生活轨迹，有时候她过于纵情聊天，竟能忘记去接孩子放学。这样的事情连续发生三次，我要把电脑给没收，“你这是玩物丧志啊！”我很后悔为什么要给她买电脑。欣欣说：“没有电脑，那我干什么去？是你让我居家相夫教子的，你忘啦！”

我说：“关键是你相夫教子了吗？你都相给电脑了，很过分！不问我也就算了，连孩子也不管。”“不是有保姆啊，你烦不烦。”欣欣冲我做鬼脸，“我只是和网友聊聊天，这不是给你省钱嘛！”

“省钱？”我说，“我让你缺过钱吗？只要你把家里操持好，要

什么我都满足你。”“先满足我上网！”欣欣说，“别的暂时不要你满足。”

我沉默了，还能说什么呢?

这时候，我还没意识到，欣欣已和一位远在河北的男网友聊得难舍难分。

我非常爱欣欣，她和我同龄，以前我们同在天津上大学。欣欣肤如凝脂明眸皓齿天生丽质，我相貌平常。有时候，爱情真的无法解释，我压根未曾想到能追到欣欣。2002年秋天，我带着新婚妻子欣欣从天津来到南京。我对欣欣承诺，“我将在这个城市给你一个幸福未来。”

刚到南京的那些天，我们租住在迈皋桥的民房里，节衣缩食努力奋斗。2003年夏天，我辞职酝酿做生意，起步的艰难时期，靠的是欣欣起早贪黑辛勤工作才得以养家糊口。我深爱欣欣，我说了，来日一定让你居家过闲太太生活。

欣欣是我在南京打拼的精神动力。这些年来，我苦心经营的事业逐渐有了起色，手头的钱越来越多。欣欣喜欢河西的环境，我们在河西连买几套大房子。欣欣正式成为家庭主妇。

欣欣来不及遮挡，我使劲把她拉开，“再编，继续编！”欣欣花容失色，她惊恐地想要关掉电源，我一手拽住她

欣欣沉迷网聊的势头愈演愈烈。

我整天忙着生意，时常夜深人静回家。保姆帮我把门打开，我醉意朦胧地发现，欣欣正紧抱电脑乐不可支。

是谁让她这么快乐？我终于意识到，欣欣对我的漠视定然是因为她的心里装了别人。我不好去询问欣欣。况且，单凭直觉我也无从判断她是否真的变心了。

2010年3月9日，我查了欣欣的手机话单，看到她和一个河北的号

码通话频繁。而且，3月8日晚，彼此通话时间达两小时。

一种按捺不住的慌张直袭心头。3月9日下午五点，我早早地回到家。进门直接走向欣欣，“最近除了聊天都做啥了？”欣欣说：“没做啥！”

我把话单往电脑桌上一扔，“这是谁？”欣欣那躲躲闪闪的眼神充斥着心虚，“一个网友，很普通的网友。”

“我怎么没看到你花这么长时间陪孩子呢？”我压住火，“陪网友聊天倒是线上线下不停息。”欣欣把QQ设置为忙碌，瞪我，“你为什么查我话单？”

我说：“你是不是还有理了？从你不上班那天起，我问过你了吗？给你钱，给你好吃好喝好玩，你还去陪网友！”欣欣说：“我没去陪网友，只是聊天。”

“不说那么多，他到底是谁？”“一个网友。”“哪里的网友？”“河北的。”

我压低嗓音，怕孩子听到，“我知道是河北的，见过几次了？”欣欣理直气壮地说：“什么叫见过几次了？我都不知道他长什么样。”

本来，我差点就要相信欣欣的谎话了。不巧的是，她的QQ跳动，一个抖动窗口弹了出来，两行红色的字闪烁到我眼中，“宝贝，你老公还没回啊，想你啊，下次还是你来我这！”

欣欣来不及遮挡，我使劲把她拉开，“再编，继续编！”欣欣花容失色，她惊恐地想要关掉电源，我一手拽住她，一手操作鼠标，把QQ对话框最大化。欣欣挣扎着要抢鼠标，“你松开！”她柔和的叫声像是乞求。“我都看到了，你还抢什么！”我被激怒，狠狠甩了她一个巴掌，“啪！”欣欣的头发凌乱，她转眼变成一朵枯萎的花。

“离婚！”我不假思索地吼道，“明天就离！”“离就离！”欣欣捂着脸蹲在地上。

我抬起沉重的脚走出房间。

第二天凌晨，我正辗转反侧，手机上突然来一个短信：老公，给我点时间好吗？我不想离婚。

我起身来到隔壁房间，欣欣坐在床上神情呆滞。我说："一夜没睡？"欣欣没有回答我。房间里起码有30℃，空调呜呜地响，我刚进来不到一分钟身上便渗出汗水。我拉过欣欣的手，"给你时间改正。"

欣欣抬起头，她的眼睛让我看到了过去，那时候我们虽然贫困，但是恩爱。我抚摸欣欣的头发，心中不断荡漾起昔日的温馨。

欣欣起身给我做早饭，保姆愣在她旁边有些局促。我很满足。出门上班前，我拥吻欣欣。出了门，我迅速找人安排调查公司来跟踪欣欣。并非怀疑欣欣的承诺，我只是希望现实能够清澈。

看到欣欣白净的脸庞和颈脖忽然觉得反胃。我把照片劈头盖脸扔过去，欣欣抬头看我，我看出她的神情和我一样极端痛苦

2010年4月4日中午，调查公司把拍好的照片交到我手中。照片的拍摄时间是4月3日下午、地点为明故宫广场和中山东路一家宾馆的大门口、人物有欣欣和一个貌不惊人的男子。

我不知该为自己找了调查公司感到庆幸还是悲哀。我不能痛苦地接受这一切，欣欣让我给她时间去和男网友再次开房？

我开车疯狂地赶往河西家中。到家一看，欣欣不在。我打电话问欣欣在哪，她底气十足地说，"在火车站送朋友呢！朋友出差。"她确实把我当成了傻子。

一小时过后，欣欣回家了。我在客厅抽烟，看到欣欣白净的脸庞和颈脖忽然觉得反胃。我把照片劈头盖脸扔过去，欣欣抬头看我，我

看出她的神情和我一样极端痛苦。

我说："这几年，我赚了很多钱，一直为家庭的富裕和幸福奋斗，我没有因为自己有钱了就去找别的女人。我全心全意爱你，爱这个家……"欣欣给我的痛是毁灭性的，我说不下去了……

欣欣说："要不，我们离吧。""他是谁？"我说，"把话说清楚再离也无妨。"

欣欣说："他大学毕业才一年，没什么钱。但是很爱我，我不后悔。跟他在一起反正很舒服，跟你太平淡，你变成了挣钱的机器，毫无情趣可言。"

我落寞地闭上双眼，"你们多久了？""一年多了。"欣欣淡定自如。

"他还在上大学你们就好上了？"我推算时间。"是的，他当时在仙林。毕业去了河北。"欣欣说，"你满足了我的物质，但是……"但是，我让欣欣的精神陷入了贫瘠？这话我没说出来，我的心像秋天的树叶一样忧伤地飘落，"我这么忙，还不是为了挣钱，我很累……对不起，但我确实没有好好陪你。"

欣欣承认刚才去火车站送情人去了，"他随时等我去河北。""想好了？"我筋疲力尽，我的食指和中指夹不住一根香烟，燃烧的香烟掉在地板上，欣欣过来捡起放进烟灰缸，"孩子给你，我什么都不要，你放我走就行。"

"走吧，现在就走。"我的呼吸急促，"离婚协议写好了吧？我签字。"让我哽咽的是，欣欣真的把离婚协议书拿了过来，她是铁了心要离婚吗？

不久，大部分亲属都得知我们婚姻有变，欣欣的父母大骂欣欣，大家都劝欣欣别冲动。没有人劝我，我沉默不言，大家都知道我被伤害了。4月20日，欣欣要去河北。我开车送她去机场，"舍不得你去挤火车，我请你坐飞机。”欣欣面无表情地走进禄口机场，“对不起。”

欣欣一意孤行，我没有力挽狂澜的能耐。我清楚欣欣的性格，她不会轻易回头。我表面上装着满不在乎，那是因为我无可奈何，绝望到极限的默然。如果钱能买到感情，我愿意用我所有的积蓄把欣欣换回来。

编者心语：

平淡是刺激的变异；乏味是爱恋的孽胎。新的感情，焉知不在孕育着新的平淡？寻求刺激，或许仍将是乏味的开头。原以为得到了新的幸福，没准会是另一段痛苦的生涯。珍惜拥有，比寻求未知要省力而更有把握。

40.我曾经委婉拒绝了你，再回首，你已不在原地

关键词：拒绝回头

主题：“我们处处看吧。”我的脸发烫，我低下头，就像在忏悔中等待审判。阿华沉默。我抬起头，他正看着我。我想笑，阿华也想笑，他笑着摇头，“回不去了。”

阿华对我简单讲述自己的情况，“我就是南京人，家里有房子，还没谈过恋爱，这一次真的是鼓足了勇气……”

三年前，我25岁。大学毕业工作才满一年。

同事阿华从我进公司的第一天起，便对我起了心思。他会有意无意地找我借东西，还会旁敲侧击地问我有没有男朋友。

“还没男朋友呢！”我开玩笑说，“你给我介绍啊。”“我身边好男人一大把，够你挑花眼的。”阿华一本正经，“你觉得我怎么样？”

阿华比我早一年工作，他有着憨厚的笑容和宽宽的肩膀，大家都很欣赏他的踏实。这不是我喜欢的类型，他没有多少灵气，我喜欢活泼而浪漫的男生。

我哈哈大笑，假装没听到阿华在推荐自己，“什么时候让我挑一挑，等我告诉你我喜欢的类型，你得找我感兴趣的给我挑。”

“好啊！”阿华说，“本周就给你介绍，说说你的要求。”我把

自己的要求说了，这些要求和阿华的自身条件基本上相反。阿华的表情有些不自然，“没问题，我拉个给你看看。”

2007年5月2日下午，阿华把我约到新街口，在德基的喷泉旁他树桩似的站着一动不动，我走近，他挥手，“来啦！他还没到呢。”我分明觉察出，阿华纯粹是想约我。

也怪我无聊，他喊我，我便跑过来。我说：“他是干什么的？”“和我职业一样，资深设计师。”阿华想让自己情绪放松，“他堵车，还在江北，估计到大桥了。”

“那你这么早把我喊来干什么？”“要不，我们先去看电影？”狐狸的尾巴终于露了出来。

既来之则安之，我陪阿华走进德基。电影的内容生动，我几乎忘记阿华正坐我身旁，只隐约感觉他时不时偷偷瞅我。

一场电影看完，阿华又要带我去吃饭。他对给我介绍男朋友的事只字不提。我不好揭穿他，还故意装作一脸轻松，“吃牛排吧。”“走，我知道哪家牛排好吃。”阿华很兴奋，“其实我也喜欢吃牛排。”

吃牛排的时候，阿华对我简单讲述自己的情况，“我就是南京人，家里有房子，还没谈过恋爱，这一次真的是鼓足了勇气……”

听着听着，我觉得很不对劲。我不能违背自己的初衷找一个不适合自己的男朋友，我决定不再继续装糊涂，“哥哥，其实我把你当哥哥了。你做我哥哥吧，这样，不是更好吗？”

阿华放下餐具，愣了一下，他想笑又笑不出来，他的脸上不知是伤感还是微笑，或者是伤感的微笑。

阿明坦率地承认了错误，他还说，“我爱你，我也爱她，我对你们的爱是真挚的。”而我不需要这种平分的爱

我委婉地拒绝了阿华，我们还是同事。他没能成为我的“哥哥”，我们相处一室会有尴尬。2007年11月，阿华辞职去了山西路一家公司。

不知道他的离职是不是因为我。他离开了，我们没有再说过一句话。我的QQ上有阿华，他上线后总显示“忙碌”。

爱情，是一首诱人的乐曲，每日在我心头吟唱，让我幻想让我渴望。

2008年春天，我交了一个男朋友阿明，他是我喜欢的类型，高高的个子，新潮的着装，言谈举止流露出对一切新生事物都有独到的了解。我们通过网络游戏而走到一起。

和阿明并肩行走，天空蔚蓝风轻云淡。他送我玫瑰和香水，拉着我躺在敞篷车里看月亮或星星。他擅于歌唱，能用嘶哑的嗓音唱老狼的《流浪歌手的情人》，其动情程度能让我感动到啜泣：“……我恨我不能带来幸福的旋律/我只能给你一间小小的阁楼/一扇朝北的窗/让你望见星斗。”阿明身上有一股潮水般的文艺气质。

2008年冬天，我知道了阿明的怀抱不属于我一人，他还有其他女朋友。当我在汉中门大街无意间发现，他开车带着另外一名女子从我眼前一晃而过，我感到大地不停地晃动。我的眼神追随着远去的车辆，他的身旁坐的不是我。南京真是很小，如果没有让我偶然看到这个场景，也许我们的爱情还能继续下去。

事后，阿明坦率地承认了错误，他还说，“我爱你，我也爱她，我对你们的爱是真挚的。”而我不需要这种平分的爱。

我的失恋来得很突然，痛到天昏地暗。这是我告别大学校园走向社会谈的第一场恋爱，如梦似幻。我从这场梦幻彻底走出来，已是2009年开春。

2009年3月，我的新男友阿斐出现，他帮我摆脱了这无法释怀的梦魇。阿斐是一个工程师，他不像阿明那样懂风情，不过，他长得比阿明要帅气。而且他是智慧型男人，和阿明那种华而不实不同，他的业务水平显出他的能力非凡。阿斐是我朋友老公的同事，我们能彼此情投意合，要归功于朋友的撮合。

和阿斐相处之初还好，但一个月不到，他身上的大男子主义情结持续膨胀。他不准我和男性朋友多说话，会不时抽查我手机上的短信。和他在一起，如果我接到异性的电话，他非得刨根到底问："是谁？"

最夸张的一次，我和阿斐在朋友家吃饭。我和朋友的老公开几句玩笑，阿斐使劲对我瞪眼。走出朋友家的门，他脸色阴沉，"你很不自重，怎么能和别的男人那么亲密，笑得太不像话了。"我脸上也乌云密布，"那是你的同事，也是你的朋友。你说说我们是怎么认识的？亏你还记得是人家撮合的！""反正你这样不行！"阿斐丢下一句话，"要自重。"

我呆若木鸡。

这样的例子不胜枚举。我们的恋爱只能闪电结束，2009年5月1日，我和阿斐正式分手。分手了他又来求我。我咬咬牙，硬是没给他、也没给自己回头的机会。

时过境迁，我25岁那年的青春靓丽，此时已慢慢褪去。阿华更富有男人味了，三年时光，把他打磨得像我杯中的咖啡

截至2010年4月，我谈了四个男朋友。结局是，我伤痕累累。这四个男人，后面两个比阿明与阿斐还要让我不堪忍受：一个有家庭；一个谎话连篇、一无是处。

蓦然回首，我这才看到了阿华身上的亮点。他厚道，懂得照顾我的感受；他踏实，不会虚无缥缈；他爱我，否则不会选择辞职。

2010年4月20日下午，看着阿华的QQ头像，我陷入了沉思。如果时间可以倒流，我不会再那样委婉拒绝他。时间无法倒流，我现在28

岁了。

我鼓起勇气点阿华的QQ，打了几个字过去：还好吗？阿华回复得很快：还好，你呢？

我说：也还好，什么时候见面聊聊？阿华说：聊什么？

我说：随便聊聊天啦！是不是很忙啊！阿华说：倒也不是很忙，那我们改天约时间。

4月24日下午，我们约在云南路猫空见面，这地方离他家近，我主动考虑到他，而忽略自己住在光华门。

这一次，是我主动约阿华。时过境迁，我25岁那年的青春靓丽，此时已慢慢褪去。阿华更富有男人味了，三年时光，把他打磨得像我杯中的咖啡，散发醇香。

“结婚了没？”我搅拌着咖啡。“没呢！你结了？”阿华的目光盯向窗外。

“我也没。”我喝了一口咖啡，有些苦。阿华说：“再放些糖吧，你怎么能喝苦咖啡呢，那是男人喝的。”“你怎么知道我的咖啡苦？”我笑了，“你没喝怎么知道。”

“看你的嘴唇和眼睛啊！”阿华微微闭上双眼，“要不换一杯吧，我请你喝。还记得我是你哥吧，哈哈。”

我不想再含蓄，“哥，要不，你别做我哥了。”我的声音有些发哆。“那做你弟啊，你可没我大。”阿华还是那么迟钝。

“我们处处看吧。”我的脸发烫，我低下头，就像在忏悔中等待审判。阿华沉默。我抬起头，他正看着我。我想笑，阿华也想笑，他笑着摇头，“回不去了。”

“为什么？”三年的磨练使我变得勇敢，我大声说，“你不是还单身一人嘛！为什么回不去？”

阿华说：“我还是做你哥吧！”我说：“你不是还没有女朋友

吗？你不是说过永远爱我嘛？”

阿华说：“别怀旧了。如果你受伤，哥哥可以给你抚慰，但我们不可能了，回不去了。小妹，该回家啦，今天周末，好好回去休息。”

编者心语：

爱情是双向选择，自然远远难于购物。人人力求完美，原本无可厚非，然爱情带有瑕疵，又何尝不是一种亲切和真实？当初和后来均为单向选择，不同的是，被选择的一方发生了轮换。不必遗憾，生活原本如此。继续向前，芳草就在前方葳蕤。

41. “心未动，身已远”，老公的背叛成了我出轨的理由

关键词：依赖

主题：一个不知我已有家庭的网友把我占有了，我对他充满痛恨。随着时间的流逝，现在，我对他却由痛恨到依赖。我依赖他不只是因为他对我好，另外一个原因是，青梅竹马的老公竟然背叛了我。

心有不甘，一个网友莫名其妙就把我占有了

2007年4月，我还在一家商场上班。这期间我刚开始用QQ，上面只有一些朋友和同学。不知道什么时候，我的QQ上多了一个人，还几次要跟我视频，我没答应，他就要我手机号码。我脑子一热，就把号码给他了。

有一天我突然接到一个电话，这个陌生人开口就说：“美女，告诉我一下从张府园到明故宫怎么走？”我很纳闷，问他是谁。他说：“是我啊，要跟你视频你不肯的……”

作为一个保守的女人，我第一次接到陌生网友的电话，除了心跳就是语无伦次。挂了电话后，好久我才恢复平静。很快，这个网友的短信就接二连三地来了，问我有没有男朋友，问我真实年龄。我说：“28岁，没有男朋友。”

有一天下午，就要下班了，这个网友要来请我吃饭，感谢我曾给他指路。我不敢跟陌生人见面，就给推辞了。他说：“吃个饭，聊聊

天，交个朋友，怕什么呢？”怕什么呢，我反问自己，发现也没有什么可怕的。

我们在奥体中心见面了，本来他说了来新街口接我的，后来又让我坐地铁到奥体。虽然有些不快，但我还是答应了。

在奥体地铁口，一个看上去将近四十岁的男人老远就冲着我挥手，我也奇怪了，他怎么会认识我？后来我问他，他说“这是男人的直觉”。

吃饭时，这个网友很殷勤，不停地给我夹菜，夸我漂亮，说我太瘦，要多吃。我觉得这人挺奇怪，他说他离婚了，现在一个人过。他说他最大的缺点就是对老婆太好，可老婆还是背叛了他，“可我真的很爱前妻，尽管她的离开给了我很大伤害，但是我很怀念过去的美好。”

他给了我一种好男人的慈悲气息，他告诉我，他真名叫阿珏。我也跟他说了我的真名。

吃完饭，阿珏要开个房间和我好好聊聊，他说“相逢恨晚，要说的话一言难尽”，我没肯，执意要回。阿珏只得把我送上地铁。他还要送我回家，我没同意。

之后，我们每周都在一起吃几次饭。2007年6月17日，阿珏第六次说要“开个房间好好聊一聊”，我听得都烦了，就答应了他。通过一段时间的交往，我发现他不像坏人。

我们吃完饭绕到小行，阿珏先是在一家宾馆前驻足观望，接着把我拉上了楼。进了房间，陡然暧昧的气氛，让我的心跳突然加快。阿珏说我的脸怎么变红了，我的脸确实发烫，阿珏要我别怕，“我不会碰你的！”

我们一人一张床，躺下来闲聊。我记不清什么时候阿珏爬了过来，他对我动手动脚，我很反感，不喜欢他这样。我说，我要报警。

阿珏把我的手机夺过去，抽下电板扔到一边。我无力抗衡，他强行摁住了我……

心生胆怯，家的温暖让我不想再给网友机会

我为何跟阿珏说自己没结婚呢？这个问题我问了自己很多遍，但我始终找不到答案。在阿珏占有我之后，我对他恨之入骨。我真准备报警的，但是我怕老公知道反而更说不清。

老公在江宁开了一家KTV，他不是每天都能回家。我住在虎踞南路，是和老公结婚时一起买下的房子。自从老公的生意做大后，他在江宁又买了一套大房子。平时我多在市区，偶尔会去江宁。我跟老公的感情一直很好，他很疼我。我在他面前很温顺，甚至他都不知道我还玩QQ，我不像是有外遇的女人。老公也不像会有外遇的男人，他只知道埋头做事。我们青梅竹马，彼此太过了解。

在我思考是否要去报警给阿珏一些惩罚之余，老公回家的次数变多了。看着老公的脸，我就不想报警了，事情闹开，对我们的婚姻不利。况且，阿珏比以前对我更好了。只是，我坚决不肯再跟他“去房间聊一聊”，吃饭什么的都可以。

我以为生活就这样平平静静，一切都会过去的。就这样过到2009年7月，老公还是这老公，我们家庭和睦。阿珏也还是那个阿珏，尽管这么久我都不曾给他一次机会，但他还是在默默对我好。渐渐的，我发现自己甚至有些依赖阿珏了，不是身体，只是感觉，我由痛恨到慢慢地喜欢他对我发誓说很爱很爱我。

享受着老公的关爱和情人的牵挂，却要承担一份惊恐——阿珏不知道我是个已婚女人，他随时都会给我打电话发短信。所以，在家时，我通常都会把手机关掉。

有一天下午，我躺在床上和阿珏发短信，发着发着我就迷迷糊糊半睡半醒。没想到，老公突然就回家了。我听到钥匙插入门锁的声音

时，以为是在做梦。老公进卧室时，我还以为是在做梦。老公走到床头亲我的时候，我像是从悬崖上坠落，惊恐地睁开眼，我呆住了，这哪是在做梦。我一只手勾住老公的脖子，一只手抓住手机塞进被窝，上面的短信一个都还没删。一瞬间，我浑身都在冒汗，双腿不停发抖。老公问我怎么回事，我说“你压得我喘不过气”。老公爬了起来，我赶紧让他去洗澡……我都不知道自己是怎么哆嗦着把手机上的短信删除了，关机时我教训自己，万万不可再这样大意了，这几乎是在玩命啊。

心灰意冷，青梅竹马的老公竟然背叛我

不平静的生活从2009年8月正式开始。

8月2日晚，老公打电话回来说晚上不回市区了，就在江宁休息。8月3日凌晨我醒来后，想去江宁看看。现在去给老公送早饭，还能给他个惊喜。

我为自己的想法而激动，立刻起身，匆匆忙忙就下了楼。打个车直奔江宁。到江宁时，才六点多。我带着早饭，小跑着上楼。到了家门口，我愉悦地按门铃敲门，但屋内悄无声息。估计老公正在沉睡。我掏出钥匙，却怎么也扭不动，门被反锁了……

我的第一个反应就是，屋内有女人。否则，他没理由把门反锁。由愉悦到怀疑再到愤怒，我由敲门到捶门踢门。邻居都被吵醒了，出来看看是我，也就没说话，人们知道我是这家的女主人。

至少磨蹭了十分钟，老公才将门打开。他打开了门，对着我打了个长长的哈欠。他一脸没睡醒的疲倦，也打消不了我的警惕。我把早饭往桌上一丢，进厨房把菜刀摸出来开始翻箱倒柜。老公一脸无辜地盯着我，问我大清早的发什么神经。我没有发神经，我把家里的各个房间都翻了个遍，却什么也没发现。有点失望，也有点庆幸。

把菜刀放回厨房后，老公在吃早饭，我躺在床上休息，一不留神却看到床上有一根长发，显然不是我的头发，我是烫发。

老公在吃着早饭，他的眼神一直紧跟着我的视线，他的小小的心思透露出几丝胆怯。在我发现落地窗的窗帘不是自然落地时，老公向窗前走去。

我跳下床，冲了过去。拉开宽大的窗帘，果然，大窗帘的背后，除了早晨刺眼的阳光，还藏着一个女人。老公比我还快，我去厨房拿菜刀时，他把这个女人推出家门，然后抱住我让我冷静……

我无法冷静，泪水夺眶而出。这个女人并不漂亮，除了歇斯底里的绝望，我还恨透了抱我不放的老公，他在保护别的女人，我的菜刀在挣扎中“咣当”落在了地上。我不能理解，他以这样的形式背叛我，还要保护别人……

从江宁回市区的路上，我在出租车里泣不成声地给死党打电话。死党还没起床，她朦胧着不知道我在说什么。我给阿珏打电话，阿珏听着我胡言乱语明显很慌，他问我在哪，我让司机把车开到小行。

阿珏开了个房间给我休息，这一次是我主动的。我没有告诉他我为何流泪，我只是关了手机要他好好陪我。我发现，阿珏的肩膀能给我依靠，还能减少我内心的荒凉。

在宾馆休息了三天，我才回虎踞南路的家。进了家门，老公正坐在客厅抽烟，他说等我三天了。极度憔悴的老公，要我冷静一下，请我相信他“跟那个女人其实什么关系都没有”……

老公不愿意离婚，其实我也不想离婚。我们从小一起长大，即便不是夫妻也会是非常好的伙伴。说实话，我舍不得离婚。我想，老公不肯离婚的初衷也是因为舍不得。

我躺在床上叹息一声，老公过来帮我脱鞋。我说脚很酸，他赶忙给我捏脚。我说我想吃水饺，老公立马起身，要去超市买肉回来亲自给我包饺子。

老公刚出门，阿珏就给我打电话，问我晚上想吃什么。我说，今晚你自己吃吧，我要陪父母……

我和老公并没有闹开，一块石子扔向水面，水面的波动只是暂时的，只要不起风，生活很快就能回归平静。老公说要好好补偿我，从2009年9月起，老公对我的疼爱超越了以前。我却开始心安理得给自己安排好时间，每周答应陪阿珏一天。

编者心语：

青梅竹马，感情也这样不堪一击；祸由心生，根源在婚姻缺少浪花。该珍惜不知珍惜，当收敛不知收敛。当自己出轨之时，丈夫也未曾闲着；当恩爱消褪之时，邪情便乘虚而入。放纵一次，就像被罂粟控制；漫长一生，该怎么安稳度过？极度痛苦，悔不当初。